DIE ZEIT

KRIMIS FÜR JUNGE LESER

Werner Färber
Das Krokodil im Silbersee

Ein Urlaubskrimi mit Kochrezepten

Mit Illustrationen von Iris Wolfermann

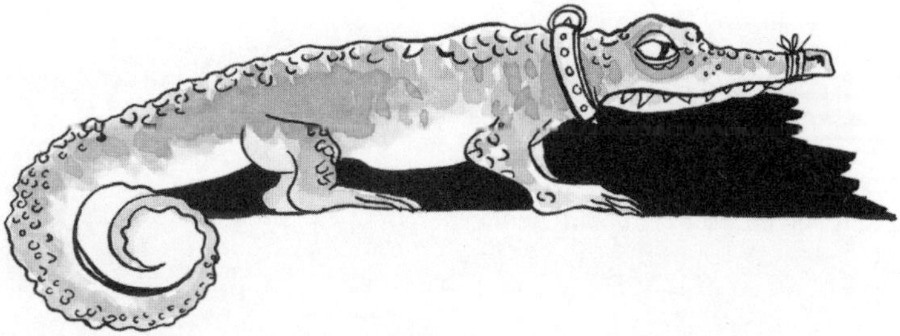

Zeitverlag Gerd Bucerius GmbH & Co. KG

Lizenzausgabe des Zeitverlag Gerd Bucerius GmbH & Co. KG, Hamburg,
für die ZEIT Edition »Krimis für junge Leser«, 2011
Herausgeberin: Susanne Gaschke

MIX
Papier aus verantwortungsvollen Quellen
FSC® C083411
www.fsc.org

Umschlagillustration: Ulf K.
Umschlaggestaltung: Buchholz Graphiker
Satz und Repro: Buch-Werkstatt GmbH, Bad Aibling
Druck und Bindung: CPI Books GmbH, Leck
Printed in Germany
ISBN 978-3-440-13107-7

Inhalt

Personen

Marco Buchholz
elf Jahre, leidenschaftlicher Koch

Monika Buchholz
Marcos Mama, Journalistin

Anne Plambeck
Marcos Ferienfreundin und »Mitdetektivin«

Robbie
Punk, Besitzer von Frau Mahlzahn

Jürgen Plambeck
Annes Papa, Supermarktbesitzer

die beiden Zoologen
knattern rum und werden nass

Frau Mahlzahn
Kaimandame, handzahm (angeblich)

Brettschneider
Zeitungskollege
von Mama Buchholz

Heinzi
Ortsvorsteher, Bruder des
Dicken und Robbies Vater

die Motorrad-Rocker
sorgen für Unruhe

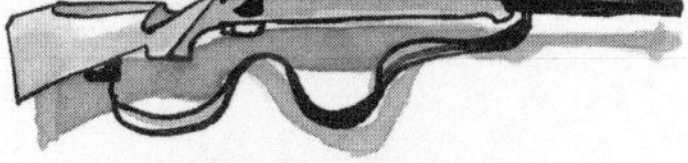

der Reifenkiller
gefürchteter Jägersmann,
fast taub (angeblich)

der Dicke
eigentlich Herbert,
Campingplatzbetreiber
und Robbies Onkel

Martin
Koch, teilt mit Monika und
Marco Wohnung und Küche

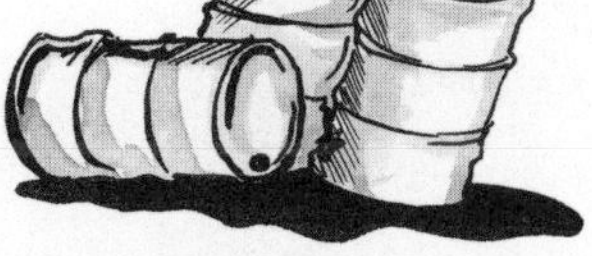

zwei zwielichtige Fremde
erledigen einen Auftrag
(angeblich)

Kapitel 1

Die Luft über dem heißen Asphalt der Landstraße vor uns flimmerte. Im Radio hatten sie vor einer halben Stunde 34 °C gemeldet. Im Schatten! In der prallen Sonne hätte das Thermometer sogar spielend leicht die 50 °C-Marke überschritten. Trotzdem hätten sich Pinguine und Eisbären im Inneren des geliehenen Campingbusses wie zu Hause gefühlt. Selbst kochendes Wasser hätte sich in Blitzeis verwandeln können. Ursache dieser frostigen Atmosphäre war jedoch nicht etwa eine gut funktionierende Klimaanlage. Nein, so etwas gab es in dem alten Campingbus von Mamas Arbeitskollegen gar nicht. Die eisige Kälte war durch den Streit entstanden, der zwischen Mama und mir herrschte. Eine Lösung unseres Konfliktes war auch am zweiten Tag der Reise nicht in Sicht. Während Mama stur geradeaus weiterfuhr, saß ich hinten am Tisch und starrte düster vor mich hin. Nicht einmal der Stopp zum Einkaufen vor einer halben Stunde hatte mich aufmuntern können. Ich hatte gehofft, wir würden wenigstens ein paar leckere Kleinigkeiten fürs Abendessen finden. Die eine oder andere Hühnerkeule zum Grillen vielleicht. Auch gegen saftige Nackensteaks hätte ich garantiert keinen Einspruch erhoben. Oder – falls es auch die nicht gab – zumindest ein paar Bratwürste. Aber außer zwei Kilo Tomaten, einem Karton Eier und zwei Stangen Brot vom Bäcker nebenan hatten wir nichts zu kaufen gewagt. Alles andere war in diesem heruntergekommenen Loch einfach zu gammelig gewesen. Die Bratwürste schimmerten sogar schon grün. Offensichtlich hatten wir den dreckigsten Laden dieser Erde erwischt. »Lass uns einfach einen Tomatensalat und ein paar hart gekochte Eier machen«, hatte Mama gespielt locker gemeint. Super Idee! Urlaub mit eingebauter Schlankheitskur – als hätten wir so etwas nötig!

Ich beobachtete Mama im Rückspiegel. Ihre finstere Miene sprach Bände – Stressstufe fünf. Ab sechs drohte sie zu platzen. Im Moment versuchte sie hektisch, die Landkarte auf dem Lenkrad auszubreiten. Ihr Blick tanzte zwischen Straße und Karte hin und her. Mir war klar, was das bedeutete: Sie hatte sich schon wieder verfahren. Zum fünften Mal heute. Ich würde also auch am zweiten Reisetag die meiste Zeit im Auto verbringen und mit niemandem außer meiner Mutter reden können. Wenn sie mich wenigstens nach vorne gelassen hätte. Dann hätte ich jetzt die Karte lesen und ihr den Weg weisen können. Aber nein. ›Marco, du weißt genau, dass du mit elf Jahren nicht auf dem Beifahrersitz sitzen darfst.‹ Und was war mit Landkartelesen während der Fahrt? War das etwa erlaubt? Gut – im Moment verlief die Straße schnurgerade. Trotzdem verweilte Mamas Blick für meinen Geschmack deutlich zu lange auf der Karte. Im Gegensatz zu ihr ließ ich die Straße nicht aus den Augen. Als hätte ich das drohende Unglück erahnt.

»Mama! Pass auf!«, brüllte ich nach vorn. Eine Rotte Wildschweine war von rechts aus dem Gebüsch gebrochen, um die Straßenseite zu wechseln. Instinktiv klammerte ich mich an die Armlehnen.

»Au, Scheiße!«, rief Mama, stieg in die Bremse und riss das Lenkrad herum. Die Landkarte flog gegen die Windschutzscheibe.

Mit einer hastigen Handbewegung wischte Mama die Karte in den Fußraum. Die Einkaufstasche mit den Eiern und den Tomaten sauste durch den Bus und prallte gegen die Rückenlehne des Beifahrersitzes. Reifen quietschten. Der Gurt straffte sich über meinem Körper. Wir schleuderten, sausten ein Stück rückwärts, drehten uns um die eigene Achse. Ich schnappte nach Luft, hielt den Atem an. Obwohl alles ganz schnell ging, hatte ich das Gefühl, alles in Zeitlupe zu erleben. Endlich brachte Mama den Campingbus zum Stehen. Erstaunlicherweise ohne Aufprall. Dann eine eigenartige Stille. Der Motor war abgestorben. An Mamas weißen Fingerknöcheln konnte ich erkennen, wie verkrampft sie das Lenkrad noch immer umklammerte. Ich ließ die aufgestaute Luft aus meiner Lunge entweichen. Mama drehte sich nach mir um. Sie war kreidebleich, rang sich mit Mühe ein Lächeln ab. Ich löste meinen Gurt und ging zu ihr nach vorn. Im selben Augenblick ein erneuter Ruck. Die Karosserie ächzte. Der Bus sackte links hinten ab.
»Scheiße, jetzt hängen wir doch im Graben!«, rief Mama und schlug mit der Faust aufs Lenkrad. »Keine Sorge, wir stürzen nicht ab. So tief ist er nicht.« Wen wollte sie mit ihren Worten beruhigen? Mich? Oder sich selbst? Nachdem sich die Lage stabilisiert hatte, schlossen wir uns in die Arme.
»Frieden?«, fragte Mama flüsternd.
Ich nickte. Mama zitterte am ganzen Körper.
»Was ist mit dir?«, fragte ich.
»Kleiner Schock. Gleich vorbei«, erwiderte sie leise. »Wo kamen die denn so plötzlich her?« Sie blickte zum Wald, in dem die Wildschweine verschwunden waren.
»Wenn du mich vorne hättest sitzen lassen, hätte ich die Karte lesen können, und du hättest die Schweine rechtzeitig gesehen«,

grummelte ich. »Außerdem hast du ›Scheiße‹ gesagt. Das erste Eis ist fällig.«
»Echt?«, fragte Mama überrascht. »Tut mir leid. Muss mir im Schreck rausgerutscht sein.«
»Keine Ausreden«, erwiderte ich streng. Das Fluchverbot während des Urlaubs war schließlich ihre Idee gewesen. »Genau genommen bekomme ich sogar zwei Eis. Du hast es zweimal gesagt.«
Mama wirkte aufrichtig überrascht. »Hab ich wirklich nicht gemerkt.«
»Wenn ich sage, dass ich nicht merke, wenn ich fluche, glaubst du mir nie.«
»Sorry«, sagte Mama gerade noch hörbar. Dann drückte sie mich noch einmal.
Vor unserer Abreise hatten wir vereinbart, dass ich für jedes Schimpfwort, das sich Mama leisten würde, ein Eis bekäme. Meine eigenen Fehltritte sollte ich mit Küchendienst begleichen. Nicht mit Abspülen und Abtrocknen, sondern mit Kochen. Für mich eine ziemlich milde Strafe. Kochen ist mein Hobby. Da ich jedoch am liebsten freiwillig koche, wollte auch ich versuchen, die Reise ohne Schimpfen und Fluchen durchzustehen. Zumindest für ein paar Tage.
»Dann lass uns mal sehen, ob wir hier wieder rauskommen.« Mama setzte sich zurecht und startete den Motor. Ohne weitere Diskussionen auszulösen, nahm ich auf dem Beifahrersitz Platz und schnallte mich an. Durch die geöffneten Fenster hörten wir das singende Geräusch durchdrehender Reifen. Der Bus bewegte sich nicht von der Stelle. Keinen Millimeter. Mama drehte den Zündschlüssel wieder um und verzog das Gesicht. »Schschschsch …«, setzte sie das nächste Schimpfwort an.

»Schieben vielleicht?«, kam ich ihr zu Hilfe, ehe sie das nächste Eis zu bezahlen hätte.
»Ich schau mir die Sache mal an.« Sie stieg aus.
»Scheiße« zu sagen, ließen wir uns dann aber doch alle beide nicht nehmen. Nun saßen wir auch noch fest. Wieso nur hatte ich mich breitschlagen lassen, diese Campingtour mitzumachen? Weshalb waren wir nicht mit dem Flieger in den Süden gereist? Wie letztes Jahr mit meinem Freund Kevin und seinen Eltern. Das war doch auch klasse gewesen. Warum hatte sich Mama von Brettschneider, dem Besitzer des Campingbusses, überreden lassen, während des Sommerurlaubs an einem Campingführer für Familien zu arbeiten? Gut – ich kannte die Antwort auf diese Frage: Weil wir das Geld brauchten. Das änderte aber nichts an der Tatsache, dass wir nun wegen dieser saublöden Idee von einer Einöde zur nächsten gurkten. Schon der erste Tag war voll in die Hose gegangen. Natürlich konnte Mama nichts dafür, dass es gestern ununterbrochen geregnet hatte. Aber in der gefliesten Pfütze, die im Prospekt des Campingplatzes großspurig als Swimmingpool beschrieben wurde, hätte ich auch bei gutem Wetter nicht schwimmen können.

»Braucht ihr Hilfe?«, hörte ich von draußen eine fremde Stimme. War es möglich, dass in dieser wildschweinverseuchten Gegend menschliches Leben existierte? Neugierig kletterte ich ebenfalls aus dem Bus. Zunächst sah ich nur zwei Fahrräder. Eines davon mit einem bunt angemalten Anhänger. Ich blickte nach hinten, wo Mama halb unterm Auto lag, um sich ein genaues Bild unserer Lage zu verschaffen. Jenseits des Grabens standen ein Mädchen, das etwa so alt war wie ich, und ein etwa siebzehn-, achtzehnjähriger – ja, was eigentlich? Punk passte wohl am besten.

Während ich die Eingeborenen höflich begrüßte, kroch Mama unter dem Bus hervor und betrachtete den Punk, als hätte sie es mit einem Außerirdischen zu tun. Obwohl er sich tatsächlich von allem unterschied, was ich in meinem bisherigen Leben zu Gesicht bekommen hatte, fand ich Mamas prüfenden Blick peinlich. Andererseits – so viele Leute, die sich mit himmelblauen Igelhaaren und einer dreifach gepiercten Augenbraue in die Öffentlichkeit wagten, gab es dann auch wieder nicht. Die Zahl seiner Ohrlöcher war auf die Schnelle nicht festzustellen. Sie lagen jedenfalls dicht an dicht. Dagegen war neben dem spitzen Metalldorn in der linken Wange noch reichlich Platz. Das schwarze Netzhemd, das der Punk trug, wirkte in Anbetracht der herrschenden Hitze durchaus normal. Seine karierte Hose bestand vor allem aus Löchern. Trotzdem war das rechte Hosenbein sorgfältig hochgekrempelt, damit es sich nicht in der Fahrradkette verfangen konnte.

Ich überlegte gerade, weshalb der Kerl ein rosa Hundehalsband mit dazugehöriger Leine umhatte, als seine Begleiterin anfing zu kichern. Der Punk war so ein Blickmagnet, dass ich sie bisher nur flüchtig beachtet hatte. Sie war mir auf

Anhieb sympathisch. Offenbar fand sie unser sprachloses Glotzen lustig.
»Sag mal, beißt der?«, fragte ich sie.
»Keine Angst«, erwiderte sie lachend, »Robbie will nur spielen.« Der Punk schien weder meine Frage noch ihre Antwort übel zu nehmen. Im Gegenteil. Er lachte wiehernd mit. »Der Spruch war gut, Anne«, lobte er sie.
Echte Menschen – in dieser Gegend. Und dann auch noch schlagfertig. Ich konnte es kaum glauben.
»Wir hängen mit einem Rad im Graben«, mischte sich nun auch Mama ein. Anscheinend hatte sie genug geglotzt.
»Wie hast du das denn hinbekommen?«, duzte sie der Punk völlig unbefangen. Er blickte die Straße hinunter, die etwa einen halben Kilometer lang schnurgerade verlief.
Ich wollte ihm gerade die Sache mit der Landkarte auf dem Lenkrad und den plötzlich auftauchenden Wildschweinen schildern, als er mit todernster Miene fragte: »Sie sind doch sicher mit einem Alkoholtest einverstanden?«
»Wie bitte?« Mama fiel fast in den Graben.
»Hör auf, die Leute zu verarschen«, sagte Anne.
Der Punk wieherte gut gelaunt und steckte uns alle an. Erst Anne, dann mich, und endlich konnte sich auch Mama nicht mehr beherrschen. Kopfschüttelnd lachte sie mit. Am Ende des Gewiehers wischte sich der Punk schließlich die Tränen von der Wange und wandte sich nun wieder in vertraulichem Ton an Mama. »Kein Grund, so blass zu werden. Wir bekommen euch schon wieder raus. Momentchen, Frau Mahlzahn, geht gleich weiter«, sagte er im Vorübergehen zu seinem Fahrradanhänger. Hatte der Typ einen Schaden? Oder war da etwa ein Tier in seiner bunten Karre?

»Frau Mahlzahn?«, fragte ich.
»Eine Kaimandame«, antwortete er.
»Eine was?« Mama warf einen Blick in den Anhänger.
»Wir sind unterwegs zum Baden.«
Ich drängte mich vor Mama und schaute ebenfalls hinein. Besagte Frau Mahlzahn grinste mir breitmäulig entgegen. Sie war etwa einen Meter lang, ihre Augen funkelten goldgelb. »Ist ja drollig.«
Mama stützte sich leicht schwankend auf meinen Schultern ab. »Drollig? Ich weiß ja nicht«, meinte sie matt. Ich musste mich dagegenstemmen, damit wir nicht vorwärts auf den Anhänger kippten. Offenbar war Mama leicht schwindlig. Bei großer Hitze sackte ihr manchmal der Kreislauf in den Keller. Und dazu auch noch der Schock.
»Wo kann man denn hier baden?«, fragte ich den Punk.
»Im Silbersee«, antwortete er. »Da vorne rechts und dann noch zwei Kilometer.« Er zeigte auf eine unscheinbare Papptafel am Straßenrand: CAMPINGPLATZ – ZUM SILBERSEE. Für diesen Robbie schien es nichts Selbstverständlicheres auf dieser Welt zu geben, als mit einem Krokodil im Fahrradanhänger zum Baden zu fahren.
»Ein Campingplatz?«, fragte Mama. »Der ist aber in keinem unserer Campingführer erwähnt.«
»Ist ja auch ganz neu. Gehört meinem Onkel. Und der hat vergessen, Werbung zu machen.«
»Wie ist er denn so?«, fragte Mama.
Der Punk blickte sie verwundert an. »Ziemlich schusselig. Aus seiner Autowerkstatt ist auch nichts geworden.« Er breitete die Arme aus. »Und so dick.«
Anne verdrehte die Augen. »Sie meint nicht deinen Onkel.«

Mama lachte. »Eigentlich war ich eher am Campingplatz interessiert.«
»Fahrt doch einfach hin. Vermutlich seid ihr die ersten Gäste. Ich weiß aber nicht, ob mein Onkel euch reinlassen darf. Es gab da Probleme mit der Genehmigung. Der Ärmste hat wieder mal Streit mit den Behörden. Erst haben sie ihm seine Autowerkstatt dichtgemacht. Wegen ein paar alter Ölfässer und so. Jetzt wollen sie mit tausend Auflagen den Campingplatz verhindern. Dabei macht er inzwischen voll auf Öko und reine Natur.«
»Klingt gut«, meinte Mama.
Der Punk wiegte den Kopf. »Die meisten Leute stehen eher auf Rummelbude und Erlebnispark. Interessiert doch keinen, ob das Duschwasser von der Sonne beheizt wird und die ganze Touristenkacke in einer Biokläranlage gereinigt wird.«
»Was gibt's hier sonst Interessantes?«, fragte Mama.
Nichts, dachte ich sofort.
»Frische Luft«, sagte der Punk wie zur Bestätigung.
»Und was hält jemanden wie Sie in dieser Umgebung?«, bohrte Mama weiter. Wie peinlich. Nie kann sie ihren Beruf vergessen.
Den Punk schienen weder ihre Neugier noch ihre Anspielungen auf sein Äußeres zu stören. »Wir können uns ruhig weiter duzen«, meinte er. »Aber stimmt schon. Ich bin eigentlich viel lieber in der Stadt. Bin nur wegen Frau Mahlzahn hier. Ein Kumpel hat sie in seinem Badezimmer gehalten. Voll krass. Deshalb hab ich sie ihm für 5 Euro abgekauft und erst mal hierher gebracht. Hier hat sie wenigstens ihren Auslauf. – Und ab und zu ein Bad im Silbersee.«
»Bleibt ihr länger?«, fragte mich Anne.
»Wir können uns den See ja wenigstens mal anschauen«, sagte

ich, bevor Mama Nein sagen konnte. Einöde hin oder her – Anne war wenigstens in meinem Alter.
»Klar«, sagte der Punk. »Kannst auch gerne mit Frau Mahlzahn baden.«
Mama war das Entsetzen ins Gesicht geschrieben. »Baden? Mit diesem Tier? Kommt nicht in Frage!« Sie erstickte jede weitere Diskussion im Keim, indem sie sich hinters Lenkrad setzte. »Können wir mal versuchen, ob wir die Kiste wieder flottkriegen?«
Anne, Robbie und ich gingen nach hinten. Der Punk spuckte in die Hände. »Kann losgehen!«, rief er Mama zu.
Trotz aller Behutsamkeit beim Gasgeben drehten die Räder durch. Dreck und kleine Steinchen schleuderten gegen unsere nackten Beine. Es prickelte wie tausend Nadeln, und wir sprangen wie auf ein Zeichen gleichzeitig zur Seite.
»Moment!«, rief der Punk zu Mama nach vorn. »Ihr zwei haltet euch am Gepäckträger fest und stellt euch auf die Stoßstange«, kommandierte er uns. »Wir brauchen Druck auf die Reifen. – Jetzt noch mal!«
Obwohl Robbie nun allein schob, schnellte der Campingbus mit einem Satz auf die Straße. Fast wären Anne und ich rückwärts von der Stoßstange gefallen. Sichtbar erleichtert bedankte sich Mama bei unseren Helfern.
»Was ist denn jetzt?«, fragte Anne, als sie bereits auf dem Fahrrad saß. »Kommt ihr zum See oder nicht?«
Ich sah Mama fragend an. Sie nickte.
»Na dann, bis gleich«, verabschiedete sich Anne und radelte mit Robbie davon.
»Ein echtes Krokodil«, sagte ich zu Mama, als wir die Fahrräder überholten. »Kevin bekommt Glubschaugen, wenn ich erzähle, dass ich mit Frau Mahlzahn gebadet habe.«

Mama wollte jedoch weiter mit aller Macht verhindern, dass ich nach dem Urlaub etwas Vernünftiges zu erzählen hätte. »Fang nicht noch einmal damit an«, erwiderte sie. »Und wenn dieser Robbie zehnmal behauptet, dass Frau Mahlzahn handzahm ist. Ihre Zähne sind trotzdem scharf wie eine Kettensäge. Mit diesem Ungeheuer gehst du mir nicht ins Wasser. Basta!«
»Robbie kann ja draußen warten«, antwortete ich.
Damit brachte ich Mama zwar zum Lachen, aber an ihrem Standpunkt war trotzdem nicht zu rütteln. »Du weißt, was ich meine. Einmal schnapp – und ab ist die Hand.«
»Vielleicht mag sie lieber Füße«, maulte ich. Den Gedanken, mit dieser Kaimandame zu baden, fand ich einfach unglaublich spannend.

Die Einfahrt zum Campingplatz war mit einer Schranke versperrt. Das Pförtnerhäuschen war leer. »Hup doch mal«, forderte ich Mama auf.
»Eine Hupe ist ein Warnsignal und keine Serviceklingel«, belehrte mich Mama, während sie die Fingerspitzen gegen ihre Schläfen presste. »Außerdem tut mir der Kopf weh.«
»Du kannst dich hinlegen und ausruhen«, schlug ich ganz uneigennützig vor. »Bis du wieder fit bist, mach ich uns was zu essen.«
»Wirklich? – Das wäre echt lieb.«
»Kein Problem.« Dass ich auf diese Weise unbemerkt mit Frau Mahlzahn ins Wasser gehen könnte, musste ich ihr ja nicht unter die Nase reiben.
»Ein Stündchen Schlaf würde mir nach dem Schreck bestimmt ganz guttun«, nahm sie mein Angebot dankbar an.
Schließlich wackelte auch ohne Hupsignal ein dicker Mann

auf uns zu. Der Beschreibung nach musste es sich um Robbies Onkel handeln. Seine blaue Latzhose spannte über dem Bauch, die wenigen Haare waren dünn und flaumig, und er hatte auffallend große Ohren, rote Pausbacken und Kulleraugen. Fehlte nur noch ein Schnuller, und das Bild eines zu groß geratenen Babys wäre perfekt gewesen. Ich tastete im Handschuhfach nach unserer Kamera.

»Freut mich, dass Sie hergefunden haben«, begrüßte uns der Dicke. »Wie lange wollen Sie bleiben?«

»Eine Nacht«, antwortete Mama.

Ich schwenkte die Kamera unauffällig übers Gelände. Der Dicke sollte nicht merken, dass ich es eigentlich auf ihn abgesehen hatte. Als ich ihn im Minibildschirm sah, drückte ich den Auslöser. Genau im richtigen Moment. Der Dicke warf soeben bedauernd die Arme in die Höhe. »Kann man nichts machen. Rabatt gibt's erst ab einer Woche.« Er öffnete die Schranke. »Fahren Sie hinter mir her? Wenn Sie erst mal Ihren Platz gesehen haben, bleiben Sie garantiert länger.«

»Steigen Sie doch ein«, bot Mama ihm an.

»Bewegung tut mir gut«, wehrte er die Einladung dankend ab.

»Wie wahr«, raunte ich Mama zu. Während wir im Schritttempo hinter ihm herzockelten, hielt ich ihr den Bildschirm der Digitalkamera hin und zeigte ihr das Foto. »Sieht aus wie ein Teletubby«, sagte ich.

»Marco«, sagte Mama tadelnd.

Aber selbst den Punk anglotzen, als wäre er ein Weltwunder.

Nachdem uns der Dicke einen Platz zugewiesen hatte und wieder davongewackelt war, lobte Mama die wunderbare Lage. Wir konnten das weitläufige Gelände und den See überblicken. Seltsam war nur, dass der Campingplatz gespenstisch leer war.

Kein Wohnwagen, kein Wohnmobil, nicht einmal ein Zelt. Nur ein alter Bauwagen unten am Seeufer. Aber auch der machte einen unbewohnten Eindruck. Die Tür hing schief in den Scharnieren. Von den Holzwänden blätterte die Farbe, die Fensterscheibe war mit Klebeband geflickt.
»Ist es wirklich okay, wenn ich mich hinlege?«, fragte Mama.
»Ruh dich ruhig aus, ich komm schon klar.«
Während Mama die Sitzbank des Campingbusses in ein Bett verwandelte, stellte ich Tisch und Stühle auf die Wiese und holte die Einkaufstüte nach draußen. Ein kurzer Blick und ich wusste, dass man aus diesen Zutaten keinen Tomatensalat mehr zubereiten konnte. Die Tomaten hatten sich bei ihrem Aufprall gegen den Beifahrersitz in den Grundstoff für Ketchup verwandelt. Zum Glück war die Plastiktüte gut verknotet. Sonst wären auch die zwei Baguettestangen matschig geworden. Und an hart gekochte Eier war auch nicht mehr zu denken. Als ich den Deckel des Eierkartons hob, kam mir zwar nicht die erwartete gelbweiße Glibbersoße entgegen, allerdings hatte von den sechs Eiern nur eines den Unfall schadlos überstanden. Die anderen fünf hatten Dellen oder deutliche Risse. Ich beschloss, Mama mit einem vollkommen anderen Gericht zu überraschen.

Verlorene Eier »à la Marco« S. 112

Kapitel 2

Ich kehrte noch einmal in den Campingbus zurück, um alles Notwendige zu holen. Das Schneidebrett, ein Messer, den großen Topf, einen Kochlöffel, den Gaskocher und meine Acht-Gewürze-Campingdose. Mama lag bereits auf dem Bett und hatte ihre schwarze Augenklappe im Gesicht. »Brauchst du noch was?«, fragte sie matt.

»Nein, alles bestens«, versicherte ich. Ich nahm eine Zwiebel und holte ein Stück Speck aus dem Kühlschrank. Bis die beiden Eingeborenen mit der Kaimandame eintrafen, wollte ich schon mal mit den Vorbereitungen beginnen. Immer wieder hob ich den Blick, um die drei nicht zu verpassen. Zwiebel und Speck waren längst klein geschnitten, doch Anne und Robbie waren immer noch nicht da. Allmählich fragte ich mich, ob sie es sich anders überlegt hatten. Auch mit ihren Fahrrädern müssten sie das kurze Stück inzwischen längst geschafft haben. Als ich vom Pförtnerhaus laute Stimmen hörte, streifte ich Speck und Zwiebel in den Topf und machte den Deckel drauf, damit keine Fliegen drangingen. Was war da vorne los? Selbst auf diese Entfernung bekam ich mit, dass heftig gestritten wurde. Die Neugier zog mich hin.

Anne und der Punk standen vor der Schranke. Mit hochrotem Kopf versuchte der Dicke offenbar, Robbie und seiner Kaimandame den Zugang zu verwehren. Die beiden sollten Onkel und

Neffe sein? Da hing der Familiensegen aber mächtig schief. Anne stand ein wenig abseits und hielt sich raus. Sie blickte ständig zwischen den beiden hin und her.
»Und warum hab ich hier noch keine Gäste?«, hörte ich den Dicken keifen. »Weil dein Herr Vater alles tut, dass ich keinen Fuß auf den Boden kriege! Wenn sich dann doch ein paar Camper hierher verirren, kommst du mit deiner Bestie daher, um die Leute wieder zu vertreiben. Ab sofort hast du Platzverbot! Ende der Durchsage!«
»Moment mal«, sagte der Punk, »du weißt, dass du mich hier nicht rausschmeißen kannst.«
Der Dicke schnaufte ein paarmal schwer. »Dich vielleicht nicht. Aber dein großmäuliges Ungeheuer.« Er fuchtelte aufgeregt Richtung Fahrradanhänger.
»Ach, komm«, schlug Robbie einen versöhnlicheren Ton an. »Reicht doch, dass wir zu Hause rausgeflogen sind.«
Der Dicke merkte auf. »Mein feiner Bruder hat dich also rausgeschmissen?«
Der Krokopunk zuckte mit den Schultern. »Eigentlich nur Frau Mahlzahn. Aber ich kann sie doch nicht alleine lassen.«
»Hm«, brummte der Dicke. »Eine Nacht. Bis morgen. Auf keinen Fall länger.« Missmutig stapfte er davon. »Und du nimmst Rücksicht auf meine Gäste!«, rief er über die Schulter zurück, ohne sich noch einmal zu Anne, dem Punk und seinem Krokodil umzudrehen.
Als ich nun zu ihnen hintrat, konnte Robbie schon wieder lächeln. »Ihr seid

also die verirrten Camper!«, rief er mir entgegen. »Schön, dass ihr hergefunden habt.«
»War ja nicht so schwer. Versteht ihr euch immer so gut?«
Der Punk winkte ab. »Du solltest ihn mal mit meinem Alten sehen. Da fliegen die Fetzen. Gift und Galle! Wahre Bruderliebe.«
»Ich könnte deinem Onkel sagen, dass wir deinetwegen hier gelandet sind«, schlug ich vor.
»Keine Sorge, der kriegt sich wieder ein. Trotzdem danke.«
»Wenn sein Platz erst mal in Mamas Campingführer steht«, sagte ich, »wird dein Onkel froh sein, dass du uns hergelotst hast.«
»Campingführer?«, fragte Anne.
So eine Reaktion hatte ich erhofft. Ich nickte. »Mama arbeitet daran.«
Anne schaute mich an, als wäre ich der Journalist. »Echt?«
»Ich darf die Bilder machen.« Zwar hatte ich auf unserer bisherigen Reise aus Protest bis auf den Dicken noch nichts fotografiert, aber Mama hatte tatsächlich gefragt, ob ich nicht versuchen wollte, meine Eindrücke in Bildern festzuhalten. Um einen wirklich familienfreundlichen Campingführer hinzubekommen.
»Ist ja irre.« Anne schien beeindruckt.
»He, ihr zwei Turteltäubchen«, sagte der Punk, »was ist jetzt mit Baden?«
Turteltäubchen – was sollte das denn heißen? Ich machte einen kleinen Umweg am Campingbus vorbei und lauschte. Mama schnarchelte drinnen leise vor sich hin. Ich schnappte mir mein Badezeug und die Kamera und lief zum Seeufer. Anne, Robbie und die Kaimandame tummelten sich bereits im Wasser. Ich nahm Frau Mahlzahn ins Visier und drückte ab. Auf dem Mini-

bildschirm vergewisserte ich mich, dass mir die Aufnahme gelungen war. Das Krokomaul ragte leicht aufgesperrt schräg aus dem Wasser, links davon leuchteten die blauen Haare des Punks, rechts daneben hatte ich Anne mit einem strahlenden Lächeln erwischt. Ich versteckte mich hinterm Schilfgras, wechselte die Hose und glitt ins klare Wasser. Ein wenig unheimlich war mir schon, als ich den dreien entgegenschwamm und die Kaimandame plötzlich abtauchte. Wassertretend hielt ich inne.

»Wo ist Frau Mahlzahn?«, rief ich Robbie zu.

»Gute Frage.« Er hielt ein Stück Leine in die Höhe. An der Leine war nichts dran!

Mir wurde heiß. Im nächsten Augenblick kitzelte etwas an meinem Bein. Erst als der Punk anfing zu lachen, kapierte ich, dass ich Opfer eines seiner schrägen Scherze geworden war. Er hatte mir die leere Halteschlaufe gezeigt. Frau Mahlzahn befand sich ordnungsgemäß am anderen Ende der rosafarbenen Leine. Ich hatte mit meinem Bein lediglich eine Wasserpflanze gestreift. Erleichtert lachte ich mit und war froh, die beiden getroffen zu haben. Vielleicht lagen nun doch ein paar nette Urlaubstage vor mir. Nichts gegen Mama. Wir verstehen uns bestens. Vorausgesetzt, wir hängen nicht tagelang zu zweit aufeinander.

Damit Anne nach dem Baden nicht gleich wieder abhaute, lud ich sie zum Essen ein.

»Was gibt's denn?«, fragte Anne.

»Verlorene Eier à la Marco.«

»Hört sich gut an«, sagte sie. »Muss aber erst Papa fragen.« Sie kramte in der Badetasche nach ihrem Handy und trat ein paar Schritte zur Seite, um ihn anzurufen.

»Ist schon wieder Ostern?«, fragte mich der Punk.

»Wieso Ostern?«

»Wenn man die Eier suchen muss?«, meinte er grinsend.
»Die heißen nur verloren«, erklärte ich ihm, »weil man sie in der Soße nicht sieht.«
»Ist trotzdem nichts für mich«, lehnte Robbie ab. »Frau Mahlzahn und ich stehen eher auf Rohkost.«
Einerseits war ich froh, dass er die Einladung nicht auf sich bezogen hatte. Andererseits kapierte ich nicht, dass Kaimane Rohköstler sein sollten. »Kaimane fressen doch Fleisch?«
»Ja, sicher – aber roh«, sagte der Punk. »Und ich bin Makrobiotiker.«
Er stammte also doch von einem anderen Stern. »Makro-was?«
»Alles roh eben«, antwortete er. »Nur nichts von Tieren.«
Anne drückte ihr Handy aus. »Geht klar. Er holt mich um acht ab. Ist das okay?«
»Natürlich.«
»Dann will ich das junge Glück nicht weiter stören«, sagte der Krokopunk und zockelte mit der Kaimandame zum Bauwagen.
Während mir sein Spruch peinlich war, schien Anne ihn gar nicht gehört zu haben. Sie streifte ihr T-Shirt über den Kopf, nestelte hinter ihrem Rücken herum und zog das Bikini-Oberteil hervor. »Wollen wir?«, fragte sie.

Kaum am Campingbus, hörte ich drinnen Mamas Handy klingeln. Ich wollte den Anruf entgegennehmen, damit sie nicht wach wurde, doch sie war schneller und meldete sich bereits mit verschlafener Stimme. »Mhm, Buchholz? – Ach, Bretti. – Nein, du störst nicht. Hab nur ein bisschen gedöst.«
»Mamas Redaktionskollege«, erklärte ich Anne. »Mit dem sie den Campingführer macht.« Nebenher versuchte ich, mit einem

scharfen Messer eine der Matschtomaten zu häuten. Unbeschädigte Tomaten übergießt man einfach mit kochendem Wasser, wartet ein paar Minuten, und schon lässt sich die Haut spielend leicht entfernen. Die durchgematschten Tomaten abzuziehen, war ein lästiges Gepfriemel. Der Saft triefte mir bis an die Ellbogen. Dank Annes Unterstützung musste ich diesen Schweinkram wenigstens nicht alleine erledigen. Tomatenschälend lauschten wir dem hörbaren Teil von Mamas Telefongespräch:
»Gestern war der totale Reinfall«, erzählte sie.
Ich nickte Anne bestätigend zu.
»Und heute hab ich mich total verfranst.«
Ich nickte wieder.
»Ich kann mich sehr wohl orientieren!«, protestierte Mama laut.
Ich schüttelte heftig den Kopf. Anne grinste.
»War aber ganz gut, dass wir uns verfahren haben«, erzählte Mama weiter. »Dadurch haben wir einen neuen Campingplatz entdeckt. Wir sind mit Sicherheit die ersten, die ihn beschreiben.« Sie lachte. »Stell dir vor, hier läuft ein Punk rum, der mit seinem Krokodil im See badet. – Wirklich! Total schräger Vogel.«
Ich nickte erneut und fragte mich gleichzeitig, ob ich Mama darauf aufmerksam machen sollte, dass wir hier draußen alles hörten. Was sollte Anne von so einer Klatschbase von Mutter halten? Um ihr zu verdeutlichen, dass ich nichts für Mamas Gerede konnte, zog ich entschuldigend die Augenbrauen hoch. Anne legte grinsend einen Zeigefinger auf die Lippen. Wir lauschten weiter.
»Eigentlich ist es eine Kaimandame. – Wenn du's nicht glaubst, lass ich Marco ein Foto machen. – Ist nicht dein Ernst? – Na ja, gar nicht so blöd. – Ich melde mich noch mal.«
Den letzten Teil des Gespräches kapierte ich nicht. Aber ich

musste mich nun auch mehr ums Essen kümmern. Als kurz darauf der Speck und die Zwiebeln im heißen Fett brutzelten, war ohnehin nichts mehr zu verstehen. Ich streifte die mehr schlecht als recht geschälten Tomaten in den Topf, schmeckte mit Salz, Curry, Paprika, Pfeffer und Basilikum ab und ließ die Soße auf kleiner Flamme köcheln. Immer wieder fischte ich mit der Gabel einen Fetzen Tomatenschale heraus.

»Geht's besser?«, fragte ich, als Mama nach draußen kam.

Sie nickte. »Hat gutgetan. Was zauberst du uns Leckeres?«

»Verlorene Eier. Anne isst mit.«

»Schön«, sagte Mama. »Warst du schon im Wasser?«

»Ist echt super«, antwortete ich. »Total klar und erfrischend.« Ich hoffte, dass Anne jetzt nichts sagte.

»Kann ich auch noch schnell rein?«, fragte Mama.

Ich nickte. »Dauert noch zehn, fünfzehn Minuten.«

»Hab ich nicht einen tollen Sohn?«, wandte sich Mama an Anne und lief hinunter zum See.

Warum nur waren alle darauf aus, mich in Verlegenheit zu bringen? Ich stand auf, um Tomatenmark und Mehl aus dem Bus zu holen. Anne musste ja nicht mitbekommen, dass ich so rot geworden war wie die Soße. Ich verrührte Tomatenmark, einen Esslöffel Mehl und Wasser in einer Tasse zu einer Pampe und gab sie in den Topf. Ich schmeckte noch einmal ab und ließ vorsichtig ein Ei nach dem andern in die blubbernde Soße gleiten. Ohne Schalen, versteht sich.

»Kannst du noch andere Gerichte?«, fragte Anne.

»Ja, klar.«

»Woher?«

Tja, woher konnte ich kochen? »Von Mama. Aus Kochkursen, aus der Glotze. Und von Martin.«

»Ist Martin dein Papa?«, fragte Anne.
Ich musste lachen. Martin hatte mit Frauen nichts am Hut. Er liebte einen Mann. »Martin ist Koch«, erzählte ich Anne. »Er, Mama und ich haben eine Wohngemeinschaft. Mein Papa hat sich verdünnisiert, als ich noch ganz klein war.«
»Ist ja lustig«, sagte Anne.
Diese Antwort hatte ich im Zusammenhang mit meinem verschwundenen Papa noch nie gehört. Ich fand es zwar normal, keinen Vater zu haben – schließlich war es immer so gewesen. Aber dass Anne es lustig nannte, war schon merkwürdig.
Sie verdrehte die Augen. »Ich meine natürlich nicht lustig zum Lachen. Ich meine ...« Sie suchte nach einem passenderen Wort. »... lustig als Zufall. Bei mir fehlt nämlich die Mama. Ich war sechs Monate alt, als sie gestorben ist.«
»Ah, tut mir leid«, sagte ich.
»Braucht dir nicht leidzutun. Ich kenne sie doch genauso wenig wie du deinen Papa.«
Als Mama zurückkam, konnte sie sich an den gedeckten Tisch setzen. Ich füllte die Teller auf.
»Hm, lecker.« Mama lehnte sich genüsslich zurück und ließ den Blick schweifen. »Ist das nicht schön hier?«
»Meinetwegen können wir gerne länger bleiben.«
Anne nickte. »Fände ich auch toll.«
»Hm.« Mama aß hungrig weiter. »Bretti will einen Artikel über das Krokodil im Badesee haben. Als Geschichte fürs Sommerloch. Was hältst du davon?«
»Ist doch klasse!« Weshalb zögerte Mama? Sonst war sie immer froh, wenn sie einen zusätzlichen Artikel schreiben durfte.
»Wen interessiert das denn?«, meinte sie zweifelnd.
»Ich fände das toll, wenn wir in der Zeitung kämen«, sagte Anne.

Ich holte die Kamera und zeigte Mama das Bild von Robbie, Anne und Frau Mahlzahn. »Das würde doch super passen.«
Mama war begeistert. »Großartig! Dazu fallen mir sicher ein paar Zeilen ein.«
»Bekomme ich das Honorar fürs Foto?«
»Wer denn sonst?«
»Boah«, meinte Anne. »Und wann soll das kommen?«
»Morgen«, antwortete Mama. »Deshalb muss ich mich beeilen.«
Sie teilte Bretti nach dem Essen unverzüglich mit, dass er seinen Artikel bekommen würde. Bis um acht wären Geschichte und Foto bei ihm. Sie beendete das Gespräch, ehe er Widerspruch einlegen konnte. »Jetzt brauch ich nur noch eine knackige Überschrift.«
Ich hatte keine Lust, mir darüber den Kopf zu zerbrechen. Nicht im Urlaub. »Hab schon das Foto gemacht.«
»Krokodil im Silbersee – Vertreibt Frau Mahlzahn die Touristen?«, schlug Anne vor. »Und danach können Sie vom Streit zwischen Robbie und seinem Onkel erzählen.«
»Die junge Dame hat Talent«, lobte Mama und ließ sich haarklein den Streit von vorhin wiedergeben.
Wie sie Anne ausfragte, was die Leute im Dorf über den Konflikt um den Campingplatz so redeten, war peinlich. Aber spannend fand ich Annes Bericht durchaus. Der Krach zwischen den beiden Brüdern war offenbar im ganzen Landkreis bekannt.
»Den Dicken kennt ihr ja«, sagte Anne abschließend. »Sein Bruder, also Robbies Vater, ist hier im Dorf Ortsvorsteher. Der würde lieber Fabriken bauen lassen oder so.«
»Ein Industriegebiet?«, fragte Mama.
»Genau. Aber Robbies Opa hat den Silbersee und das ganze Drumherum jeweils zur Hälfte an Robbie und seinen Onkel vererbt.«

»Dann ist Robbie ja stinkreich«, staunte ich.
»Du bist die reinste Goldquelle, Anne«, lobte Mama. »So eine Fülle von Informationen bringe ich in einem einzelnen Artikel gar nicht unter. Darf ich deinen Namen nennen?«
»In der Zeitung?« Annes Augen leuchteten.
»Sicher«, antwortete Mama.
»Klar – das heißt ...« Anne zögerte. »Ich muss erst Papa fragen. Uns gehört der kleine Supermarkt hier. Papa sagt immer, dass er aufpassen muss, sich nicht zwischen alle Stühle zu setzen. Sonst kann er den Laden dichtmachen.«
»Verstehe«, antwortete Mama. »Dann fragen wir ihn eben. Lasst alles stehen, ich spül nachher ab.« Sie machte sich an die Arbeit.

Während Mama den Text in ihren Laptop tippte, fragte ich mich, was daran noch Urlaub war. Erst hatte sie sich den Campingführer aufschwatzen lassen, nun schrieb sie nebenbei diesen Artikel über ein Krokodil im Silbersee. Andererseits wusste ich natürlich, dass Zeitungsleute jedes Jahr aufs Neue über die Nachrichtenflaute im Sommerloch klagten. Da während der heißen Monate in Politik, Sport, Kunst und Kultur überall Pause herrschte, wusste niemand, was man den Leserinnen und Lesern bieten sollte. Nur so konnte diese Geschichte über einen flippigen Dorfpunk, der mit seiner Kaimandame im See planschte, zur Schlagzeile werden.
An diesem Abend war ich den Wildschweinen richtig dankbar. Ohne die Schleudertour in den Straßengraben wären uns Anne und der Krokopunk nie begegnet. Vermutlich hätten Mama und ich uns weiter in den Haaren gelegen und uns schrecklich angeätzt.
Als Annes Vater mit dem Auto kam, um sie abzuholen, hatten

wir Bild und Text längst mit Mamas mobiler Internet-Flatrate an die Redaktion geschickt. Anne und ich waren noch einmal in den See gehüpft und beobachteten aus der Ferne, wie Mama Herrn Plambeck begrüßte und ihm etwas zu trinken anbot. Anne schwamm zum Ufer und trocknete sich zähneklappernd ab.

»Wie lange bleibt ihr denn jetzt noch?«, fragte sie mich schnatternd.

»Wenn's nach mir geht, den ganzen Urlaub.«

»Aber?«

»Ich weiß nicht, wie ich Mama rumkriegen soll.«

Wir verabredeten uns zum Frühstück. Anne wollte Brötchen mitbringen, und bis morgen würde mir vielleicht eine Methode einfallen, um Mama zu einem längeren Aufenthalt zu bewegen. Anne war genauso froh wie ich, dass es uns ausgerechnet hierher verschlagen hatte. Ihre Freunde aus dem Dorf waren alle im Urlaub.

Als Mama und ich schließlich in unseren Kojen lagen, hörten wir schweigend den Fröschen zu. Mama stieß einen wohligen Seufzer aus. »Eigentlich gar nicht so übel hier«, sagte sie.

Mein Reden! War es vielleicht doch nicht so schwierig, sie zu überzeugen? »Wir können ja noch ein paar Tage dranhängen«, sagte ich und wartete gespannt auf ihre Antwort. Doch ich bekam keine. Mama war bereits eingeschlafen. Ich selbst war noch nicht richtig müde. Ich blickte durchs Dachfenster hinauf zum Sternenhimmel und überlegte, welche Gerichte man beim Campen gut zubereiten könnte.

Folienkartoffeln mit Kräuterquark S. 114

Kapitel 3

Wie verabredet brachte Anne frische Brötchen mit, und auch der Krokopunk lud sich mit an unseren Frühstückstisch ein. Die Morgensonne kletterte über die Baumwipfel und versprach einen weiteren herrlichen Sommertag. Neben knusprigen Brötchen aus der Backstation ihres Vaters lieferte Anne auch noch die neueste Ausgabe der Tageszeitung, für die Mama schrieb.

»Wo hast du die denn her?«, fragte Mama, überrascht, in dieser Gegend ihre Zeitung zu bekommen.

»Papa hat für den Sommer verschiedene Zeitungen bestellt«, erklärte Anne. »Falls die Camper welche haben möchten.«

»Hoffentlich hat er Glück und es kommen überhaupt welche. Am Ende bleibt er darauf sitzen«, meinte Mama.

»Außerdem lässt Papa grüßen. Er fragt, ob ihr heute Abend zum Grillen kommt.«

Mama war augenblicklich begeistert. Anne zwinkerte mir heimlich zu. Wie hatte sie das bloß eingefädelt? Offenbar hatte ich mit ihr ein richtig cleveres Mädchen kennengelernt. Ein weiterer Tag am Silbersee war also gesichert!

Wir hatten kaum die ersten Brötchen aufgeschnitten, als der Dicke mit hochrotem Kopf auf uns zuwalzte. »Was haben Sie sich denn dabei gedacht!«, rief er schon von Weitem. In der Hand hielt er ein Exemplar von Mamas Tageszeitung.

»Der hat sie auch«, raunte uns Mama ziemlich stolz und voller

Freude zu. Breitbeinig baute sich der Dicke vor dem Frühstückstisch auf und blätterte hektisch raschelnd die Seiten durch, um uns mein Bild nebst Mamas Artikel unter die Nase zu halten.
»Wollen Sie meinen guten Ruf ruinieren?«
»Reg dich ab, Herbert«, sagte Robbie. »Was es nicht gibt, kann man nicht ruinieren.«
Ohne auf die Spitzfindigkeit seines Neffen einzugehen, hielt er ihm drohend den Zeigefinger entgegen: »Wenn du mit deiner Frau Mahlzeit nicht bald von hier verschwindest, hol ich die Polizei.«
Erst glaubte ich, mich verhört zu haben. Als jedoch auch Anne ihr Kichern durch einen Hustenanfall zu verschleiern suchte, war mir klar, dass der Dicke in seiner Aufregung tatsächlich *Frau Mahlzeit* gesagt hatte. Robbie meinte, die Dorfbullen würden ihn schon in Frieden lassen. Er hätte schließlich jahrelang mit ihnen Fußball gespielt.
»Und Sie werde ich auf Schadenersatz verklagen!«, wandte sich der Dicke an Mama. Mit der einen Hand hielt er die Zeitung hoch, mit dem Handrücken der anderen schlug er mehrmals dagegen. »Wenn Sie so einen Mist in der Zeitung verbreiten, ist ja klar, dass keiner kommt!« Er stutzte, als sein Redeschwall durch ein lautes Hupen unterbrochen wurde. Er sah auf die Uhr. »Wer ist das denn um diese Zeit?« Noch einmal richtete er sich an seinen Neffen: »Wir sprechen uns noch.« Dann stampfte er wieder davon.
»Müssen wir jetzt abreisen?«, fragte ich Mama.
Sie zog die Augenbrauen hoch. »Wenn er uns loswerden will, hat er vermutlich das Recht, uns rauszuschmeißen.«
»Ihr könnt den Campingbus auch bei uns hinstellen«, bot Anne sofort an.

»Warten wir doch erst mal ab«, sagte Mama. »Wenn er so an die Macht des gedruckten Wortes glaubt, traut er sich vielleicht gar nicht, uns davonzujagen.«

Mama meinte den Reiseführer. »Du willst ihn doch nicht erpressen?«, fragte ich überrascht.

Sie schüttelte lachend den Kopf. »Erpressen? Nein.« Sie sah sich um. »Aber wenn man mich lässt, kann ich viel Gutes über diesen Platz berichten.«

»Dann müssen wir nur noch dafür sorgen, dass er das auch kapiert«, sagte Anne.

Robbie schien der Appetit trotzdem vergangen zu sein. »Könntet ihr eine Zeit lang auf Frau Mahlzahn aufpassen?«

Mama holte tief Luft.

»Sie hat schon gefressen«, versuchte es Robbie wieder mal auf die scherzhafte Tour. »Ich schlag am See einen Haken in die Erde und mach sie an der Leine fest. Dann kann sie, ganz wie es ihr passt, ins Wasser gehen oder in der Sonne liegen. Ihr müsstet nur darauf achten, dass keine Fremden näher rankommen.«

Mama war die Sache noch immer nicht geheuer. Aber Robbie war zäh wie ein Zeitschriftenvertreter an der Haustür. »Ist doch nichts los hicr. Nur immcr mal hinkucken. Und vielleicht mal mit ihr reden. Sie mag das, wenn man mit ihr redet.«

Mama schüttelte lachend den Kopf. Er hatte sie tatsächlich rumgekriegt.

»Danke«, sagte er und gab Mama einen Kuss auf die Wange, um sich dann an mich zu wenden: »Du hast ’ne coole Alte.«

»Wenn er sich die Alte gespart hätte«, sagte Mama, nachdem er verschwunden war, »hätte ich seine Überredungskünste als charmant bezeichnet.«

»Und jetzt?«

Mama zuckte mit den Schultern. »Jetzt fühle ich mich über den Tisch gezogen und ausgenutzt.« Trotzdem war sie bereit, auf die Krokodame aufzupassen. »Solange niemand erwartet, dass ich mit ihr bade.«

Während wir später am Abend bei Anne zu Hause auf meine Grillkartoffeln und auf Herrn Plambecks Hähnchenkeulen warteten, erzählte Mama, dass sie den ganzen Tag im Liegestuhl zugebracht und gelesen hätte. Lediglich zwei ältere Leutchen hätten sich herangewagt. Die beiden waren doch tatsächlich mit ihrem Wohnmobil zum Campingplatz gekommen, weil sie aus der Zeitung von der Kaimandame erfahren hatten.
»Wie niedlich, gehört das Tier Ihnen?«, hatte sich die Frau neugierig an Mama gewandt.
Ihr Mann hatte tadelnd den Kopf geschüttelt. »Aber Hannelore – sieht sie aus wie ein Punk?«
»Am meisten hat mich überrascht«, meinte Mama, während Annes Papa die Hühnerkeulen verteilte, »dass auch dieses Rentnerpaar meinen Artikel gelesen hatte. Und dann hat mich der alte Herr auch noch gefragt, ob er Frau Mahlzahn streicheln dürfte.«
»Ist nicht wahr?«, sagte Annes Papa zweifelnd.
»Was hast du geantwortet?«, fragte ich.
Mama lachte: *»Wenn Sie Ihre Hand nicht mehr brauchen.* – Das fand er gar nicht komisch. Das Tollste war allerdings«, fuhr sie fort, »dass mich der Dicke stinkfreundlich gegrüßt hat, als ich vorhin an seiner Schranke vorbeigegangen bin.«
»Vielleicht hat ihm Robbie schon vom Campingführer erzählt«, sagte Anne.

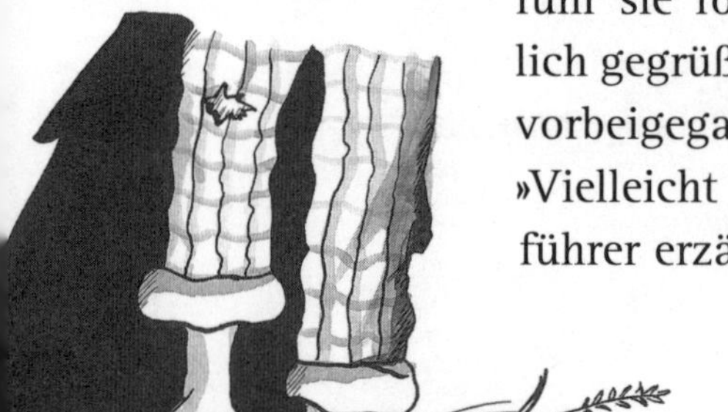

»Ah – daher weht der Wind«, meinte Mama nachdenklich. »Das könnte natürlich sein.«
Obwohl wir nach dem Hauptgang alle kurz vorm Platzen standen, wurde der Nachtisch, den Anne und ich vorbereitet hatten, mit großem Hallo begrüßt.
»Was habt ihr denn da gezaubert?«, fragte Annes Papa.
»Krokosplit«, antwortete ich. Das Rezept dafür war mir am Nachmittag bei einem Gang durch seinen Laden eingefallen. Anne und ich hatten für jede Portion eine Banane der Länge nach bis zur Mitte aufgeschnitten. Die Splitter von Schokotäfelchen benutzten wir als Zähne, zwischen die wir eine Kugel Vanilleeis klemmten. Die Rückenzacken waren ebenfalls aus Schokosplittern und die Glupschaugen bildeten Johannisbeeren. Die seitlich abstehenden Krokobeine hatte Anne aus einer Kiwi geschnitzt. Sahne daneben – fertig.
»Das sieht ja so hübsch aus, dass man sich gar nicht traut, es zu essen«, sagte Mama.
Von wegen! Zehn Minuten später waren sämtliche Krokosplits verputzt.
Herr Plambeck schnalzte genüsslich mit der Zunge. »So was Leckeres könnte ich öfter vertragen.«
»Wie wär's mit morgen?«, fragte ich.
»Aber dann bei uns«, sagte Mama sofort.
Hatte ich was verpasst? Dass Mama tatsächlich um einen weiteren Tag verlängern wollte, hatte ich zwar gehofft, aber nicht unbedingt erwartet.

Krokosplit S. 111

Kapitel 4

Annes Papa hatte zwar angeboten, uns mit dem Auto zum Campingplatz zurückzubringen, doch Mama beharrte auf einem abendlichen Verdauungsspaziergang. Hand in Hand schlenderten wir durch die Nacht. Die Luft war klar und noch immer lau. Der Mond hing wie eine halbe Zitronenscheibe am Himmel. Grillen zirpten. Mama drückte meine Hand und seufzte. Sie wirkte zufrieden, und ich war es auch. Wer hätte das nach den ersten anderthalb Tagen gedacht? Plötzlich schallte Musik durch die Nacht. Je näher wir dem Campingplatz kamen, desto deutlicher war sie zu hören.

»Was ist denn jetzt los?«, fragte Mama.

Der Dicke lehnte im Schein der Wegbeleuchtung an der Schranke. »Es sind noch mehr Leute gekommen«, sagte er und rieb sich die Hände. »Sie selbst wissen am besten, woran das liegt.«

Mama sah ihn fragend an.

»Ihr Artikel. – Erst die älteren Herrschaften heute Morgen. Die gehupt haben, als ich, na ja – ein bisschen aufgebracht war. Nichts für ungut, war nicht so gemeint. Jedenfalls waren sie die Ersten, die Ihretwegen hierher gefunden haben. Und um acht dann noch die Rocker.«

»Rocker?«, fragte Mama entsetzt.

»Fünfzehn Maschinen. Die wollten eigentlich ganz woanders hin. Aber da war zum Glück voll. Einer von denen muss wohl

Ihre Zeitung gelesen und die Jungs hierher gelotst haben. Leider bleiben sie nur eine Nacht.«
»Leider«, sagte Mama säuerlich.
Der Dicke beugte sich ihr entgegen. »Keine Sorge, ich hab denen schon gesagt, dass sie leise sein sollen. Außerdem hab ich sie ans andere Ende verpflanzt. Da bekommen Sie gar nichts mit. Gute Nacht.«
»Heuchelbruder«, sagte Mama, als wir weitergingen. »Erst macht er so ein Riesentheater, kaum sieht er seinen Vorteil, ist er wie ausgewechselt.«
Dass wir von den Motorradleuten nichts hören würden, war völliger Quatsch. Auf dem Weg zum Campingbus sahen wir die neuen Gäste als dunkle Schatten um ein Feuer sitzen. Die Schatten sangen aus vollen Kehlen. Nein – sie grölten.
»Da können wir uns ja auf eine schöne Nacht gefasst machen«, meinte Mama.
Eine ihrer Marotten – sie sagt ständig das Gegenteil von dem, was sie eigentlich denkt. »Entspann dich, Mama. Wir haben Urlaub«, versuchte ich sie zu trösten. Mir waren die Motorradleute egal. Hauptsache wir blieben hier. Ich knüllte meinen Schlafsack zurecht und lauschte nach draußen, ob ich trotz des Lärms die Frösche hören konnte. Nichts zu machen. Die Grölemänner übertönten alles. Mama knipste die Leselampe an und versuchte, sich müde zu lesen. Ich drehte mich um, dachte wegen der schrägen Gitarrenklänge darüber nach, wie man so ein sperriges Instrument auf dem Motorrad transportierte, und schlief, ohne eine Antwort gefunden zu haben, ein.
Als ich am nächsten Morgen aufwachte, herrschte wieder friedliche Stille. Ich schob den Vorhang zur Seite. Ein hauchdünner Nebelschleier lag silbern über dem Wasser. Ob der See daher

seinen Namen hatte? Es war erst sieben Uhr. Trotzdem stand ich auf, schlüpfte leise in meine Badehose und nahm die Kamera mit. Ich wollte den verschleierten See im Bild festhalten und eine Runde schwimmen. Auf dem Weg fiel mir auf, dass die Tür des Bauwagens offen stand. Anscheinend hatte sich Robbie im Laufe der Nacht mit Frau Mahlzahn vom Acker gemacht. Aber weshalb lehnte sein Fahrrad noch am Baum? War auch er schon aufgestanden, um mit Frau Mahlzahn ein frühes Bad zu nehmen? Nein, das Wasser war spiegelglatt. Ich hatte den See für mich allein. Ich schoss mein Foto und schwamm hinaus. Erst als zwei der Rocker aus ihren Zelten krochen, bekam ich Gesellschaft. Sie zogen sich aus und glitten splitterfasernackt ins Wasser. Mich schienen sie nicht bemerkt zu haben. Wenig später kam ein dritter. Im Gegensatz zu den ersten beiden kannte er keine Rücksicht und platschte mit einem lauten Jauchzer ins Wasser. Es dauerte keine fünf Minuten, bis die ganze Meute wach war. Sie lärmten, brüllten, spritzten.

»Frau Maaahlzaaahn!«, fing nun auch noch Robbie an herumzubrüllen. »Frau Maaahlzaaahn!« Als ich zu ihm ans Ufer watete, hielt er mir die leere Leine entgegen. »Sie ist weg«, sagte er.
Ich winkte ab. »Du willst mich doch bloß wieder verarschen.«
»Nein, wirklich nicht«, erwiderte er ernst. Die Leine war tatsächlich leer. An beiden Enden. Also keine Verarschung.
Hatte ich mit Frau Mahlzahn gebadet, ohne es zu ahnen? Ich zeigte auf die planschenden und grölenden Motorradfahrer. »Wissen die schon, was los ist?«
»Ach du Scheiße«, sagte Robbie und pfiff schrill auf zwei Fingern. Sofort herrschte Ruhe. »Es ist ein Kaiman im See!«
Die Männer verstanden nicht. »Was für'n Mann?«
»Ein Kaiman«, antwortete er. »Ein kleines Krokodil.« Robbie hielt die Hände auseinander, um die Größe anzudeuten.
»Das Ding aus der Zeitung?«
Er nickte, legte die Handballen gegeneinander und klappte mehrmals mit den Händen. Eine eindeutige Geste: das auf- und

zuklappende Maul eines Krokodils. Plötzlich wich einer der Männer entsetzt zurück. »Da war was!« Er rannte, kraulte, stürzte zum Ufer und löste damit eine Massenflucht aus. Es spritzte und schäumte. Sie hatten längst ihre Zelte erreicht, als auf der Wasseroberfläche noch immer der von ihnen aufgequirlte Schaum tanzte. Ich selbst betrachtete den Höhepunkt ihrer Flucht auf dem Bildschirm der Digitalkamera.

Robbie blickte mir über die Schulter. »Schon wieder eine Schlagzeile«, sagte er. *»Krokodil verjagt nackte Rocker aus dem Silbersee.«*

»Was für eine Schlagzeile?«, fragte Mama verschlafen. Die lärmenden Motorradfahrer hatten sie aus dem Bett getrieben. Sie war ans Ufer gekommen, um zu erfahren, was der ganze Aufruhr zu bedeuten hatte.

Während Robbie knapp von Frau Mahlzahns Verschwinden und der dadurch ausgelösten Panik berichtete, untersuchte ich die Leine auf Schäden. Seltsam. Sie war unversehrt. »Wie ist Frau Mahlzahn da rausgekommen?« Ich erhielt keine Antwort. Mama hob einen armdicken Knüppel vom Boden auf, um sich zu bewaffnen. Robbie versuchte, sie zu beruhigen. Frau Mahlzahn sei viel zu scheu, um jemanden zu beißen.

»Mag sein, dass du das weißt«, sagte Mama. »Aber weiß das auch Frau Mahlzahn?«

Obwohl ich größeres Vertrauen in Robbies Aussage hatte als Mama, nahm ich ebenfalls einen Stock und stocherte im Schilfgras am Seeufer. Zu dritt durchkämmten wir das Gebüsch rings um den Bauwagen. Keine Spur. Die Motorräder dröhnten davon, Frau Mahlzahn blieb verschwunden. Erst als Anne kam, stellten wir die Suche ein, um beim Frühstück zu beraten, wie man die Krokodame wiederfinden könnte.

Dass sie sich selbst befreit haben könnte, mochten wir nicht glauben. Also stellte sich die Frage, wer Frau Mahlzahn von der Leine gelassen hatte. Allen voran schienen mir die Motorradfahrer verdächtig. Aber dann fiel mir ein, wie sie Hals über Kopf aus dem Wasser geflohen waren. Hätten sie gewusst, dass Frau Mahlzahn von der Leine war, wären sie erst gar nicht baden gegangen. Damit kamen sie wohl doch nicht mehr infrage.

»Die waren gestern Abend bestimmt zu betrunken, um sich jetzt noch daran zu erinnern?«, meinte Anne.

Mama nickte. »So wie die gegrölt haben, wissen die heute garantiert nicht mehr, was sie gestern angestellt haben. Andererseits – wir wären doch sicher wach geworden, wenn Betrunkene um den Campingbus getorkelt wären.«

Ich fand es seltsam, dass Robbie kein Wort zu der Sache sagte. Hatte er vielleicht selbst etwas mit Frau Mahlzahns Verschwinden zu tun? Bereute er inzwischen, die Kaimandame aus einer Stadtwohnung gerettet zu haben? Waren ihm die Folgen seiner Tierschützer-Aktion auf Dauer lästig geworden?

Wir kamen jedenfalls zu keinem Ergebnis. Gegen Mittag fuhr ein Streifenwagen im Schritttempo über den Campingplatz. So richtig filmreif. Beide Polizisten hatten ihre Fenster heruntergelassen und lässig den Ellbogen auf die Kante gelegt. Sie hielten an, setzten beim Aussteigen ihre Mützen auf und erkundigten sich bei Mama und mir, ob der Kaiman tatsächlich im Wasser sei.

»Das weiß wohl keiner so genau«, antwortete Mama.

Schon kam auch der Dicke angewalzt. »Wer hat euch die Schranke hochgemacht? Was schnüffelt ihr hier rum?«, rief er von Weitem.

»Wir sehen hier nur nach dem Rechten«, sagte der eine Polizist herablassend, obwohl er höchstens halb so alt war wie sein Gegenüber.

»Wir wollen doch nicht, dass einer deiner zahlreichen Gäste einem Krokodil zum Opfer fällt«, sagte der andere.

»Woher wisst ihr überhaupt davon? Hat euch mein Bruder geschickt?«

»Aber Herbert – du kennst doch die Leute. Wenn wir so über die Dörfer fahren, hört man eben dies und das.«

»Was für Lügen hat man euch erzählt?«, fragte der Dicke. Doch die beiden gingen nicht darauf ein und verhängten mit sofortiger Wirkung ein absolutes Badeverbot. »Das ist eine polizeiliche Anordnung, verstanden?«, knurrte der eine Ordnungshüter streng, nachdem sie unter Ächzen und Stöhnen einen Pfosten in den harten Boden gerammt hatten. Sie nagelten ein Schild an den Pfosten. Es war offenbar in großer Eile angefertigt worden. Die Schrift mit schwarzem Marker wirkte kindlich und krakelig.

Betreten des Wassers
wegen Krokodilgefahr
polizeilich untersagt!

Gleichzeitig tippten sie an ihre Dienstmützen und zogen wieder ab.

»Betreten des Wassers«, las Mama vor, während der Streifenwagen im Schritttempo davonrollte. »Die scheinen damit zu rechnen, dass Jesus sein Zelt hier aufschlagen will.«

Immerhin trug das behelfsmäßig wirkende Schild einen amtlichen Stempel. Der Dicke war auf hundertachtzig.

Mama hatte mittlerweile eine Theorie entwickelt, in die sie mich und den Dicken einweihte. »Ich glaube immer mehr, dass Ihnen der liebe Herr Bürgermeister die Polizei auf den Hals gehetzt hat. Er will das Krokodil seines Sohnes nutzen, um Ihren Campingplatz zu sabotieren. Passen Sie auf – die Aktion ist von langer Hand geplant. Erst hat er seinen Sohn beauftragt, Frau Mahlzahn im See auszusetzen, und nun ist die entlaufene Kaimandame ein idealer Grund, den See und damit auch den Campingplatz sperren zu lassen. Na, was sagen Sie dazu?«, wandte sie sich abschließend an den Dicken, um ihm eine Stellungnahme zu entlocken.

»Ach was, alles gequirlter Blödsinn. Sie kennen meinen Bruder nicht. Der wählt ganz andere Methoden.« Er stapfte davon.

Ganz so blödsinnig war Mamas Theorie auch wieder nicht. Ein bisschen konstruiert vielleicht. Aber im Rahmen des Möglichen. Aus welchem Grund sollte sich Robbie allerdings wieder mit seinem Vater versöhnt haben? So plötzlich? Oder hatte er uns ebenfalls die Hucke vollgelogen? Nein – ich wollte nicht auch noch damit anfangen. Es reichte, wenn Mama ihres Berufes wegen überall Verrat und Betrug witterte. Unterm Strich blieb für mich immer noch die Freude darüber, dass Mama nun Lust auf einen weiteren Bericht hatte und ich auch dieses Mal wieder ein Bild beisteuern sollte. Ich hatte sogar schon ein passendes im Speicher: Robbie mit Frau Mahlzahn auf dem Arm. Dazu schrieb Mama: *Kaiman spurlos verschwunden. Polizei sperrt Silbersee! Steht der Betreiber des neu eröffneten Campingplatzes schon vor dem Aus? Der Halter des Tieres bestreitet jede Gefahr für Badende: »Frau Mahlzahn ist vollkommen ungefährlich!«*

Mama schickte das Material an die Zeitung und wurde prompt zurückgerufen. Ihr Artikel habe wieder mal die Ausgabe des

nächsten Tages gerettet, übertrieb Bretti maßlos. Offenbar war außer am Silbersee in der ganzen Welt nichts los gewesen. In der gesamten Redaktion habe keiner gewusst, worüber man berichten könnte. Er flehte Mama förmlich an, unbedingt an der Krokosache dranzubleiben. Er versprach ihr sogar, sich dafür einzusetzen, dass sie den einen oder anderen Tag Extraurlaub bekommen würde. Mama ließ sich tatsächlich darauf ein. »Allerdings müssen wir dann unsere Vorräte aufstocken. Ich fahre einkaufen. Was soll es denn heute Abend geben?«
Ich blies die Backen auf. So schnell hatte ich nichts parat.
»Wie wär's mit Fisch?«, fragte Anne. »Papa bekommt einmal die Woche frische Ware. Heute ist Fischtag.«
»Du kannst dich ja um die schweren Sachen kümmern, Mama«, schlug ich vor. »Getränke und so. Dann kuck ich mir nachher mal an, was Annes Papa Leckeres zu bieten hat.«

Selbst gemachte »Fischstäbchen« S. 117

Kapitel 5

Während Mama die Füllmenge unserer Gasflasche und den Getränkebestand prüfte, legten Anne und ich uns am Seeufer auf die Lauer. Anne konnte sich zwar vorstellen, dass *der Häuptling,* wie sie den Bürgermeister nannte, etwas mit der Sache zu tun hatte. Aber Robbie? Er würde Frau Mahlzahn doch nicht einfach abhauen lassen. Niemals!

Wir lagen am Ufer und glotzten uns die Augen aus. Anne durch ein Fernrohr, das sie von zu Hause mitgebracht hatte, ich benutzte das Zoomobjektiv meiner Kamera. Allerdings vergrößerte das nicht einmal halb so gut wie ihr Fernrohr. Von Frau Mahlzahn keine Spur. Dafür schwirrten unzählige Mücken um uns herum. Kein Wunder bei der feuchten Hitze. Richtig ungemütlich. Nichts wünschte ich mir sehnlicher als eine erfrischende Abkühlung. Aber ins Wasser konnten wir ja nicht. Das hatte allerdings nichts mit dem Schild zu tun. Solange ich nicht wusste, wo Frau Mahlzahn steckte, wäre ich auch ohne diese alberne Papptafel nicht ins Wasser gegangen. Jedenfalls nicht freiwillig. »Ist das da hinten Robbie?«, fragte ich Anne.

»Wo? Ich sehe niemanden.«

»Da hinten, zwischen den Büschen. Da ist jemand. Kann ich mal dein Fernrohr haben?«

»Klar.«

»Das sind sogar zwei.« Die beiden Typen mühten sich mit irgendetwas Schwerem ab. Kaum hatte ich sie im Visier, duckten sie sich hinter die Büsche. Hatten sie mich ebenfalls gesehen? Und was hatten sie da überhaupt zu schaffen?
»Hier ist ja was los heute«, flüsterte Anne.
»Wieso? Was denn?«
»Leise.« Sie hob die Hand und zeigte hinüber zum anderen Ufer. »Da drüben.« Ein vollkommen in Grün gekleideter Mann suchte mit einem Fernglas den See ab. Genau wie wir. Mit dem klitzekleinen Unterschied, dass er ein Gewehr geschultert hatte. Ich vermutete, dass die zwei Typen ihn ebenfalls entdeckt und sich seinetwegen versteckt hatten. »Ist der euer Jäger hier?«, fragte ich flüsternd.
»Ja«, antwortete Anne ebenso leise und schüttelte im nächsten Moment den Kopf. »Das heißt, eigentlich doch nicht.«
»Was denn nun?«
»Eigentlich darf er gar kein Gewehr mehr haben, weil er im letzten Jahr einen Traktor erschossen hat.«

»Was hat er?« Ich versuchte, mein Lachen zu unterdrücken.
»Es muss wohl ein bisschen neblig gewesen sein. Und ein wenig duster anscheinend auch. Er glaubte, er hätte einen Hirsch vor der Flinte, und legte an. – Peng. Volle Ladung auf einen Traktor. Der Hinterreifen ist geplatzt.«
Ich platzte auch beinahe. Vor Lachen. »Ist der blind, oder was?« Ich presste mein Gesicht auf den Boden, damit der Typ am anderen Ufer mein Lachen nicht hörte.
»Blind nicht«, antwortete Anne kichernd. »Aber fast taub.«
»Echt jetzt?« Ich konnte es kaum glauben. Doch Anne nickte.
»Vom geplatzten Reifen?«, fragte ich.
Nun kriegte sich auch Anne kaum wieder ein. Sie hatte ebenfalls Lachtränen in den Augen. »Nein«, tuschelte sie. »Schlecht hören konnte er schon vorher gut.«
Ich hob vorsichtig den Kopf, um mir den Kerl noch einmal anzusehen. »Erschießt einen Traktor und rennt trotzdem noch mit einem Gewehr rum«, sagte ich leise und richtete die Kamera auf den tauben und blinden Jäger. Ich drückte ab. Im selben Moment

starteten heftig flatternd zwei Enten aus dem See. So dicht vor uns, dass wir sie fast mit Händen greifen konnten. In meinem ganzen Leben hatte ich mich noch nicht so erschrocken. Anne duckte sich und presste auch mich ins Gras. »Bleib bloß liegen«, flüsterte sie. »Bestimmt kuckt er jetzt in unsere Richtung.«
Ich fühlte meinen Herzschlag bis zum Hals. Was, fragte ich mich, wenn der schwerhörige Traktorjäger nicht nur in unsere Richtung blickte, sondern auch anlegte und in unsere Richtung schoss? Einfach so. Auf den Verdacht hin, dass Frau Mahlzahn die Enten aufgescheucht haben könnte. Vorsichtig schob ich die Grashalme vor meiner Nase zur Seite. Millimeter um Millimeter hob ich den Kopf. Der Jägersmann war verschwunden. Auch die beiden Typen auf der anderen Seite des Sees hatten sich offenbar in Luft aufgelöst.
»Gut, dass er weg ist«, flüsterte Anne erleichtert. »Dem trau ich alles zu. Wenn der Frau Mahlzahn findet, knallt er sie ab.«
Oder uns, dachte ich. Dann sah ich sie. Keine fünf Meter von uns entfernt. Ohne den Blick von ihr zu wenden, stieß ich Anne vorsichtig an. »Da«, flüsterte ich. Die Enten waren tatsächlich ihretwegen aufgeflogen. Ich schoss mehrere Beweisfotos. Nur die Augen und Atemlöcher ragten aus dem Wasser.
»Traust du dich, sie einzufangen?«, fragte ich, ohne Frau Mahlzahn aus dem Kameravisier zu lassen. Anne zögerte. In diesem Augenblick riss Robbies Kuscheltier das Maul auf, als hätte es die Frage verstanden. Sollte das eine Warnung sein? Noch einmal drückte ich ab.
»Lass uns Robbie Bescheid geben«, meinte Anne.
Einmal mehr war ich ganz und gar ihrer Meinung. Diese spitzen Zahnreihen im weit aufgerissenen Maul waren einfach beeindruckend.

Anne schlug vor, dass ich zum Bauwagen rennen sollte, um Robbie zu holen. Sie selbst wollte hierbleiben, um Frau Mahlzahn im Auge zu behalten. Falls sie abhauen wollte, konnte Anne Robbie später vielleicht wenigstens die Richtung nennen, in die sie verschwunden war. Ich zog mich leise zurück. Erst als ich sicher war, weit genug entfernt zu sein, um Frau Mahlzahn nicht mehr aufzuschrecken, rannte ich los. Mama saß mit aufgeklapptem Laptop an unserem Campingtisch. »Wo brennt's denn?«, rief sie mir entgegen.
»Im See!«, antwortete ich atemlos und sprintete weiter zu Robbies Bauwagen. »Robbie! Frau Mahlzahn! Wir haben sie!«

Der Besitzer der Kaimandame hatte zwar bisher die ganze Zeit in der Nähe seines Bauwagens herumgehangen, doch ausgerechnet jetzt war er nirgends aufzutreiben. Ich sah in den Waschräumen nach und auch bei seinem Onkel. Mama lief ins Dorf, um Robbie dort zu suchen. Wie sie mir später erzählte, war sie sogar zu sämtlichen Kneipen gegangen. Allerdings waren die so früh am Tag alle noch zu gewesen. Auch beim Fleischer, beim Bäcker und bei Annes Papa hatte Mama nachgesehen. Und beim Friseur. Obwohl sie wirklich nicht erwartet hatte, Robbie dort anzutreffen.
Anne hatte Frau Mahlzahn recht bald aus den Augen verloren. Als Mama zum Campingplatz zurückkehrte, standen wir an der Schranke beim Dicken. Schon von Weitem signalisierte sie uns, dass ihre Suche erfolglos verlaufen war. Auf den letzten Metern wurde sie von einem schwarzen Auto überholt, das mit viel zu hoher Geschwindigkeit auf die Schranke zuraste.
»Was will der denn hier?«, grummelte der Dicke.

»Sein Bruder, der Bürgermeister«, informierte mich Anne flüsternd.
Der Wagen hielt an. Ein Mann, noch dicker als der Dicke, stieg aus. Den Motor ließ er laufen. Was das Gewicht anging, übertraf der Bürgermeister seinen Bruder bei weitem. Die Körperfülle schien bei dieser Familie in den Genen zu stecken. Ob der Krokopunk im Alter auch mal so dick würde?
»Was soll der Scheiß?«, blaffte der Ortsvorsteher seinen Bruder an und hielt ihm Mamas Zeitung unter die Nase.
Der Dicke verschränkte abwehrend die Arme vor der Brust und baute sich breitbeinig auf. »Was fragst du mich? Sie hat den Artikel geschrieben.«
»Sie sind also diese Zeitungstante«, wurde Mama im Augenblick ihrer Ankunft vom Bürgermeister begrüßt.
Solche Anreden mag Mama ganz besonders gern. »Dann sind Sie also der Bürgermeisterheinzi?«, erwiderte sie ironisch. Damit schien sie genau an den Richtigen geraten zu sein. »Was fällt Ihnen ein, mich zu duzen?« Er wurde rot vor Zorn, drohte zu platzen. Was zu diesem Zeitpunkt weder Mama noch ich wussten: Der Bürgermeister hieß mit Vornamen tatsächlich Heinz.
»Nichts als Arbeit hab ich Ihretwegen«, schimpfte er weiter und ließ uns nicht lange im Unklaren, wie er zu dieser Behauptung gekommen war. Seiner Aussage zufolge hatte seit Erscheinen des Artikels sein Amtstelefon nicht mehr stillgestanden. Einerseits wollten aufgeregte Tierschützer wissen, wie er, der Bürgermeister, dulden könne, dass in seiner Gemeinde ein Kaiman unter solch skandalösen Bedingungen gehalten wurde. Andererseits erkundigten sich Touristen nach dem Anfahrtsweg zu diesem Campingplatz mit dem Krokodil. Sie fragten auch, weshalb dieser Platz auf keiner Landkarte eingezeichnet war.

Ein Fernsehteam des Lokalsenders hatte sich erkundigt, ob die Geschichte was fürs Mittagsmagazin hergeben könnte. »Und das alles wegen Ihres idiotischen Artikels.«
Obwohl sich der Bürgermeister weiterhin mächtig im Ton vergriff, spielte Mama die Gelassene. »Freut es Sie denn nicht, wenn wir über die neue Campinganlage Ihrer Gemeinde berichten?«
»Campinganlage? Blödsinn! Das wird doch nichts hier. Hier gehört was Anständiges her.«
»Und das wäre?«, fragte Mama.
»Der hat mir doch mit seinen Spinnereien ein vernünftiges Industriegelände vermasselt. Oder wenigstens einen Freizeitpark mit Disco, Golfanlage und allem Drum und Dran. Was haben wir jetzt? Einen popeligen Campingplatz.« Er wandte sich an seinen Bruder, der noch immer breitbeinig mit verschränkten Armen hinter seiner Schranke stand: »Das mit deinem Nutzungsrecht ist noch lange nicht durch. Ich habe die Sache inzwischen einem Anwalt übergeben. Ich sage nur Altlasten. Du weißt schon, was ich meine.« Er öffnete die Wagentür, stieg jedoch noch nicht ein. »Aber vermutlich kann ich der Gemeindekasse die Ausgaben für den Rechtsbeistand nun ersparen. Wo dir doch jetzt das Krokodil meines geschätzten Sohnes die Suppe versalzt.«
Plötzlich kehrte Leben in den bis dahin statuenhaft erstarrten Körper des Dicken zurück. Mit stampfenden Schritten ging er um die Schranke herum. Der Bürgermeister flüchtete ins Auto, legte den Rückwärtsgang ein und stob davon. Seltsame Brüder. Mamas Verdacht, der Bürgermeister könne etwas mit Frau Mahlzahns Verschwinden zu tun haben, wurde durch dessen Auftritt jedenfalls nicht entkräftet.

Sein Gefasel von den Altlasten kapierte ich nicht. Und weshalb sich Mama nach seinem Abgang total darauf versteifte, dieser aufgeblasene Ortsvorsteher könne seinen punkigen Sohn vorgeschickt haben, um seinem Bruder das Geschäft zu vermiesen, verstand ich erst recht nicht. Es war doch sonnenklar, dass der Krokopunk garantiert nicht auf seinen Vater hörte. Außerdem lief Robbie inzwischen, nachdem er wieder aufgetaucht war, ohne sein vorheriges plötzliches Verschwinden zu erklären, am Ufer auf und ab, um Frau Mahlzahn zu finden. Wenn er sein Krokodil tatsächlich selbst freigelassen hätte, würde er doch jetzt nicht danach suchen. Mein Verdacht ging längst in eine vollkommen andere Richtung. Aber ohne Beweise wollte ich diese vage Ahnung noch für mich behalten. Zumindest vorläufig.

Mit Stöcken bewaffnet streifte ich einmal mehr mit Anne um den See. Während wir vorsichtig im Schilfgras stocherten, fragte ich Anne, was der Bürgermeister mit diesen geheimnisvollen Altlasten gemeint haben könnte.

»Hab echt keinen Schimmer. Vielleicht hat es irgendwas mit seiner alten abgewrackten Autowerkstatt zu tun.«

»Der Dicke hatte vorher eine Autowerkstatt?«

Anne nickte. »Lief aber ziemlich schlecht.« Bei unserem Gestocher im Schilfgras entdeckten wir alles Mögliche – nur keine Frau Mahlzahn. Schließlich gaben wir auf, und Anne versuchte, mir beizubringen, wie man Frösche fängt. Während sie die Viecher mit bloßen Händen schnappte, erwischte ich keinen einzigen.

Behutsam setzte sie mir einen Frosch auf die flache Hand. »Was meinst du – ob Frau Mahlzahn Frösche frisst?«

»Feine Frage«, antwortete ich. »Frisst Frau Fahlzahn frische

Frösche?« Alle Worte eines Satzes mit demselben Buchstaben zu beginnen, war ein beliebtes Spiel zwischen Mama und mir. Anne griff den Faden auf und erwiderte kopfschüttelnd: »Frau Fahlzahn fängt frische Fische.«
»Findet Frau Fahlzahn viele Fische?«
Anne nickte. »Fische fast verhungert. Fliegende Frösche fangen faulen Fischen Fliegen fort.«
»Fiese Frösche.«
»Ups.« Der Frosch war mir von der Hand gehüpft. Gut gelaunt gingen wir weiter. Schon nach wenigen Schritten hielt Anne erneut an. Sie zeigte auf den Boden. »Vogel verlor viele Federn.« Für mich sah das nach einem geschlachteten Huhn aus. »Halbe Henne?«, fragte ich.
Anne zuckte mit den Schultern. »Tote Taube?«
»Machte Mahlzahn mampfend Mahlzeit?«
»Ähm …« Anne suchte nach Worten mit passenden Anfangsbuchstaben. Es dauerte. Und dauerte.
»Sag's einfach normal«, forderte ich sie schließlich auf.
»Das war nicht Frau Mahlzahn. Hier hat jemand einen Köder ausgelegt.« Sie machte mich auf die Fußabdrücke aufmerksam. Vermutlich von Gummistiefeln. Oder von anderen schweren Schuhen. Also hatte jemand dieses zerrupfte Federvieh bereits tot hierher gebracht. Für einen Kampf lagen die paar braunen Federn zu dicht beieinander. Und auch Blutspuren gab es keine. Nach genauer Untersuchung einigten wir uns darauf, dass es sich tatsächlich um ein totes Huhn handelte.
»Aber wer hat es hergebracht?«, fragte Anne.
»Robbie? Um seine Kaimandame wieder einzufangen?«
»Oder der Dicke. Wenn er es schafft, Frau Mahlzahn aus dem Wasser zu locken, darf man wieder baden.«

»Glaub ich nicht. Jedenfalls scheint Frau Mahlzahn immer noch unterwegs zu sein.«
»Kaiman kam kucken – klaute Köder«, sagte Anne.
»Klapp, klapp, kaute Köder klein.«
»Und wenn der Köder vergiftet war?«, fragte Anne mit erschrockener Miene.
Wir blickten aufs Wasser. Genau wie ich schien auch Anne damit zu rechnen, Frau Mahlzahn könnte tot auf dem Wasser treiben. Vielleicht sogar mit Schaum vor dem Maul. Und aufgeblähtem Bauch. Ich mochte mir das Bild nicht weiter ausmalen. Was nun? Sollten wir Robbie Bescheid geben? Oder gleich den Bürgermeister zur Rede stellen, ob er die Polizisten beauftragt hatte, einen Giftköder auszulegen? Oder war es sinnvoller, den Dicken zu befragen? Keine dieser Möglichkeiten gefiel uns. Wir beschlossen vielmehr, ins Dorf zu gehen, um herauszufinden, wer in den vergangenen Tagen ein Huhn gekauft hatte. So schwer konnte das doch nicht sein.
»Huhn mit braunen Federn?«, fragte der Fleischer. »Wir verkaufen nur gerupfte Hühner. Fix und fertig für die Pfanne. Wer will denn sein Geflügel heutzutage noch selbst rupfen?«
Selbstverständlich gab es auch in der Kühltruhe von Herrn Plambecks Laden nur federloses Geflügel. Ungerupfte Hühner, in Folie eingeschweißt, würden vermutlich nur wenig Absatz finden und obendrein auch noch ziemlich blöd aussehen. Allerdings hatte Annes Vater einen guten Tipp für uns. Er schickte uns zu Bauer Sievers. Und da bekamen wir einen brauchbaren Hinweis.

Hähnchen-Satay mit Erdnusssauce S. 118

Kapitel 6

Als uns der Dicke bei unserer Rückkehr freundlich entgegenwinkte, war Anne ebenso überrascht wie ich. Er zeigte gut gelaunt auf unsere prall gefüllten Einkaufstaschen. »Na, habt wohl alle Läden leer gekauft?«, fragte er. Weshalb war er plötzlich wie ausgewechselt?

»Ein paar Restwaren hat Papa noch im Laden«, antwortete Anne.

»So ist's richtig«, erwiderte der Dicke. »Immer ans Geschäft gedacht. Aus dir wird mal was.«

»Hast du gesehen, was er auf der Kehrschaufel hatte?«, raunte Anne mir zu, nachdem wir außer Hörweite waren.

Ich hielt an, um mich noch einmal umzudrehen.

»Nicht so auffällig«, warnte mich Anne.

Zur Tarnung wechselte ich die schwere Tasche von einer Hand in die andere und wischte mir den Schweiß von der Stirn. Etwas Besonderes konnte ich auf der Schaufel des Dicken trotzdem nicht entdecken. »Dreck, Müll. Wieso?«

»Da waren jede Menge Federn drauf.«

»Braune?«

Anne nickte. »Und Hühnerknochen.« Diese Erkenntnis gab uns allerdings zu denken. Schweigend gingen wir weiter zum Campingbus. Das passte doch alles nicht zusammen. Vor einer halben Stunde hatte uns Bauer Sievers erzählt, dass das Federvieh vom Seeufer wohl tatsächlich von ihm stammte. »Ein braunes Huhn? Ja, vor zwei Tagen. Hat kaum noch Eier gelegt, das zähe Luder. Hab mich fast nicht getraut, noch Geld dafür zu nehmen.«

»Und von wem haben Sie dann doch noch welches bekommen?«, hatte ich ihn gefragt.

»Na, von unserem verrückten Dorfpunker. War früher mal ein richtig lieber Kerl, der Robbie. Aber dass er sich nicht schämt ...«, Kopfschütteln, »... muss das denn wirklich sein mit den blauen Haaren?«

Bauer Sievers hatte ein Gesicht geschnitten, als würde er unter Robbies Haarfarbe leiden. Man konnte ihm nur wünschen, dass er niemals in eine größere Stadt kommen und noch viel buntere Paradiesvögel sehen würde.

Eins war jedenfalls sicher: Robbie hatte das Huhn garantiert nicht gekauft, um es selbst zu verspeisen. Er war schließlich Makrodingsiker. Und wenn er das Vieh als Köder ausgelegt hatte, war es mit allergrößter Wahrscheinlichkeit auch nicht vergiftet. Am Ende unserer Erkundungstour waren Anne und ich uns absolut einig, dass Frau Mahlzahn noch immer putzmunter im See herumschwamm. Aber wir kapierten nicht, weshalb Robbie sie noch nicht erwischt hatte. Und wo der Dicke die braunen Federn aufgefegt hatte, war das allerneueste Rätsel.

Während wir uns im Dorf in Sachen Hühnerspur schlaugemacht hatten, war Mama am See geblieben. Bei unserer Ankunft saß sie einmal mehr am Campingtisch und hackte in die Tasten ihres Laptops.

»Was schreibst du denn jetzt schon wieder?«, fragte ich.

»Den Artikel für morgen.« Sie sah nicht einmal hoch.
»Und was machen die?«, fragte ich weiter. Unten am See starrten zwei Männer aufs Wasser. Direkt am Ufer waren mehrere Stative mit Lautsprecherboxen aufgestellt, aus denen seltsame knarrende Geräusche kamen.
»Gleich«, sagte Mama und brachte erst noch einen Gedanken zu Ende. Nachdem sie ihr Tagwerk gespeichert hatte, erzählte sie uns, was während unserer Abwesenheit auf dem Campingplatz geschehen war. »Zunächst«, gestand sie mir, »wollte ich ja unsere weitere Reiseroute für den Familiencampingführer planen. Aber dann kamen diese zwei Männer an.« Sie deutete hinunter zum Seeufer. »Bei ihrer seltsamen Werkelei konnte ich mich nicht mehr richtig konzentrieren.« Im Übrigen sei sie heilfroh, dass Anne und ich nach Auftauchen des durchgeknallten Traktorschützen im wahrsten Sinne des Wortes erst einmal aus der Schusslinie waren. Die Geschichte von diesem seltsamen Jägersmann hatte ihr einen ordentlichen Schrecken eingejagt. »Wie kann man einem halbwegs blinden Menschen eine Waffe anvertrauen?«, fragte sie uns voller Empörung. »Oder war er taub?« Offenbar hatte sie Anne nicht mehr richtig zugehört, nachdem das Stichwort *Gewehr* gefallen war.
Wir beide waren jedenfalls kaum verschwunden, erzählte Mama weiter, als diese beiden Zoologen eintrafen. Zunächst hatte sich Mama nur über die Aufschrift gewundert. *Vorsicht! Lebende Tiere,* stand in Großbuchstaben auf der Seitenwand des Anhängers. Nachdem sie einige Zeit am Ufer gestanden und den See beobachtet hatten, fingen die Männer an, jede Menge technischer Geräte auszuladen. Mama schilderte haarklein, wie sie die Aktivitäten der beiden immer neugieriger gemacht hatten. Schließlich bauten sie Lautsprecher am Ufer

auf. Mama schob ihre Sachen beiseite, um ihre Aufmerksamkeit voll und ganz den seltsamen Vorgängen vor ihrer Nase zu widmen. Die Nummer wurde immer komischer. Als einer der beiden über ein Kabel stolperte, versuchte er, sich an einem der Stative festzuhalten. Der Aufbau kam ins Wanken. Um den Lautsprecher vor einem Sturz in den See zu retten, musste der Kerl in voller Montur ins Wasser. Obwohl er durch seinen heldenhaften Einsatz die umstürzende Konstruktion vor dem Untergehen bewahrte, stauchte ihn sein Kollege nach Strich und Faden zusammen. »Wenn du so eine Hektik veranstaltest, zeigt sich der Kaiman in zehn Jahren nicht.«

In diesem Moment war schließlich der Dicke gekommen und hatte Mama triumphierend angesprochen: »Na, was sagen Sie jetzt?«

Was hätte sie darauf antworten sollen? Sie wusste bis dahin ja nicht einmal, was vorging.

»War meine Idee«, erzählte der Dicke. »Ich hab den Tierpark angerufen. Leute vom Fach. Die wissen, was sie tun. Bis heute Abend ist alles überstanden. Und Robbies Kaimandame wird kein Haar gekrümmt.«

Ich fragte mich, an welcher versteckten Körperstelle Kaimane Haare haben könnten. Aber Mama berichtete schon weiter. »Darüber können Sie gerne schreiben«, hatte der Dicke gesagt. »Alles ganz umweltfreundlich. Sie wissen doch: Sanfter Tourismus wird bei mir großgeschrieben.«

Auf ihre Frage, wie diese Fachleute Frau Mahlzahn aus dem Wasser locken wollten, wusste der Dicke allerdings auch keine Antwort. Mama musste lachen. »Und seitdem sie alles verkabelt und verstöpselt haben, ertönen diese seltsamen Knarrgeräusche über die Lautsprecher.« Sie hob den Finger. Auch

jetzt lag das Knarren noch über dem See. Es hörte sich an wie das Ticken eines Geigerzählers. Ein klickendes Knattern. Oder knatterndes Klicken.
»Schließlich ging ich zu den beiden Männern hinunter und fragte, was das geben soll. *Scht*, machte der eine ganz wichtig, ohne den Blick vom Wasser zu wenden. Ratet mal, was für Geräusche diese beiden Experten abspielen.«
Anne und ich zuckten mit den Schultern.
Mama lachte glucksend. »Das ist der Paarungsruf eines Kaimans«, sagte sie prustend. »Das paarungsbereite Weibchen kann dem Ruf nicht widerstehen und kommt aus dem Wasser.«
»Echt jetzt?«, fragte ich.
Mama nickte. »So wahr ich hier sitze – genau das haben mir die beiden erzählt. Ich wollte wissen, wie lange es wohl dauern wird, bis Frau Mahlzahn reagiert. Der hat mich vielleicht angeschaut. Erst als ich ihm sagte, dass ich Journalistin bin und aus beruflicher Neugier frage, ließ er sich herab, mir eine Antwort zu geben. Ein bisschen Geduld müsse man schon aufbringen.« Mama schüttelte den Kopf. »Daran soll es nicht scheitern, hab ich ihm gesagt, wir hätten ja Urlaub. Darauf meinte er, es könnte ganz fix gehen oder auch mehrere Tage dauern.«
»Und wenn sich das Weibchen zufällig nicht paaren will?«, wandte Anne ein.
»Gute Frage«, sagte Mama. »Genau die hab ich dem Herrn Zoologen auch gestellt.«
»Und?«, bohrte Anne weiter.
»Nichts«, antwortete Mama. »Die berühmte Frage zu viel. Passiert mir häufig in meinem Beruf. Von einem Moment zum nächsten machen die Interviewpartner dicht und sind verschlossen wie eine Auster.«

»Und was ist«, fragte ich, »wenn Frau Mahlzahn ein Herr Mahlzahn ist? Vielleicht hat sich Robbie getäuscht und sein Kuscheltier ist männlich.«
»Auch gut«, lobte Mama. »Diesen Einwand könnte ich glatt noch in meinen Artikel einbauen.«
»Was gibt es denn als Nächstes über die liebe Frau Mahlzahn zu lesen?«, fragte ich.
Sie drehte den Bildschirm ihres Laptops in meine Richtung, damit ich den fertigen Bericht lesen konnte.
Wer gewinnt den Wettlauf um entlaufenen Alligator? Droht Gefahr vom schießwütigen Dorfbewohner? Geht es der Kaimandame vom Silbersee ans Krokodilsleder? Oder hat Frau Mahlzahn Glück und folgt den liebevollen Lockrufen der Wissenschaft? Zwei Experten aus dem Zoo bemühen sich seit heute, das flüchtige Alligatorweibchen mit Paarungsrufen aus dem Computer an Land zu locken. Der Betreiber des Campingplatzes bevorzugt die sanfte Tour.
»Und dein Bild von diesem durchgeknallten Großwildjäger schicken wir gleich mit«, sagte Mama.
»Kommt gut«, lobte ich Mama.
Auch wenn ich die Stelle mit dem schießwütigen Dorfbewohner ein wenig übertrieben fand. Schließlich hatte er diesmal gar nicht abgedrückt und weder auf Frau Mahlzahn noch auf einen Reifen gefeuert. Mama war jedoch der Ansicht, dass die Welt unbedingt erfahren müsse, wie am schönen, idyllischen Silbersee ein Amok laufender Waffennarr die Allgemeinheit gefährdete.
Wir luden meine Bilder von der Kamera auf den Laptop. Nachdem Mama das Material an die Zeitung geschickt hatte, schaute ich mir mit Anne noch einmal die ganze Serie an. Anne zeigte

auf den Bildschirm. »Da sind auch die beiden Typen, die du hinten am See gesehen hast.«
»Und was für Schränke«, sagte ich. Die zwei hatten offenbar eine Dauerkarte für die Muckibude. »Kennst du die?«
»Geht das Bild auch größer?«
Ich zoomte mich in den betreffenden Ausschnitt rein, bis sich die Qualität des Bildes in kleine Kästchen auflöste.
»Die hab ich hier noch nie gesehen«, sagte Anne.
»Was hatten die beiden dort hinten zu suchen? Da ist doch nichts. Und wie sind sie überhaupt reingekommen? Da hinten ist doch ein Zaun.«
»Der Jäger hat es auch geschafft.«
»Trotzdem. Da stimmt was nicht. Sonst hätten sie sicher den Vordereingang benutzt.«
»Ach was. Die wollten sicher nur baden. Und wenn sie vorne rum gekommen wären, hätte ihnen der Dicke Geld abgeknöpft.«
»Und wieso haben sie sich so plötzlich geduckt und im Gebüsch versteckt?«
»Immerhin hatte der blinde Jägersmann eine Schrotflinte über der Schulter.«
»Hm.« So richtig überzeugend fand ich das immer noch nicht. Doch dann fragte Mama, was eigentlich in den vollen Einkaufstaschen wäre.
»Ups. Beinahe hätte ich es vergessen. Annes Papa kommt nach Ladenschluss zum Essen.«
»Schön! Und wofür habt ihr euch nun entschieden?« Mama linste in die Taschen. Die Kartoffeln und die Gurken lagen zuoberst. »Lass mich raten: Kartoffelsalat?«
»Treffer.«
»Mit Fisch?«

»War alle.«
»Mit Grillwürstchen?«, fügte sie siegessicher hinzu.
»Mama – es muss nicht immer Bratwurst sein. Lass dich überraschen. Außerdem wollen Anne und ich heute im Zelt schlafen. Ihr Papa hat es schon erlaubt.«
»Ja«, sagte Mama. »Warum nicht?«
Wir klappten den Laptop zu und machten den Tisch frei, um uns der Zubereitung des Abendessens zu widmen.

Kartoffelsalat mit Frikadellen S. 120

Kapitel 7

Als Herr Plambeck auftauchte, fielen wir hungrig über die goldbraun gebratenen Frikadellen und die Riesenschüssel Kartoffelsalat her. Die Zoologen hatten ihre bis dahin erfolglosen Lockversuche auf unsere Bitte eingestellt, und wir hatten wenigstens während des Essens Ruhe. Allerdings kamen wir uns an unserem Campingtisch mehr und mehr vor wie auf dem Präsentierteller. Seit dem späten Nachmittag herrschte ein ständiges Kommen und Gehen. Die vielen Menschen, die auch noch nach Feierabend an den See kamen, sahen natürlich alle zu uns herüber. Die einen wünschten im Vorbeigehen guten Appetit, andere fanden es witzig zu fragen, ob sie sich dazusetzen dürften.

»Geschlossene Gesellschaft«, sagte Annes Papa knapp.

Seit unserer Ankunft hatte sich der Campingplatz zu einem gut besuchten Ausflugsziel gemausert. Und es handelte sich beileibe nicht nur um Tagesausflügler. Inzwischen waren etwa dreißig weitere Camper eingetroffen. Die Sorge des Dicken, dass nach dem polizeilichen Badeverbot und dem Aufstellen des Verbotsschildes keiner mehr kommen würde, war vergessen. Die Leute hatten auch überhaupt nicht vor zu baden – allen Besuchern ging es einzig und allein um das ausgebüxte Krokodil.

Sie standen am Ufer und starrten aufs Wasser. Manche setzten

sich auf mitgebrachte Klappstühle, um sich einen Beobachtungsposten in der ersten Reihe zu sichern.
Robbie, der selbstverständlich keine Frikadellen aß, sondern sich mit einer Handvoll roher Karotten und einem Apfel zufriedengab, meinte, sein Onkel schulde ihm allmählich einen Anteil der Campinggebühren. Schließlich sei es sein Kaiman, den die Leute sehen wollten.
»Dann bekommen Marco und ich aber auch was ab«, sagte Mama.
»Echt? Wieso denn?«, fragte ich verwundert.
»Ohne deine Bilder und meine Artikel hätte sich die werte Frau Mahlzahn wohl kaum zu so einem Publikumsmagneten entwickelt«, antwortete Mama.
»Meinst du das wirklich?« Darüber hatte ich bis jetzt noch nicht nachgedacht. Aber vermutlich hatte Mama recht. Ich blickte hinunter zum Ufer. »Die sind eigentlich alle ganz schön doof.«
Für Mama war es eine Frage ihrer Berufsehre, die Pilgerschar zu verteidigen: »Es handelt sich immerhin um die Leserinnen und Leser meiner Zeitung. Es gehört sich nicht, die eigenen Kunden zu beschimpfen.«
Es waren aber durchaus einige darunter, bei denen selbst Mama zugab, dass sie im Kopf nicht so ganz klar sein konnten. Als es dämmerte und allmählich kühler wurde, zogen sich die meisten Kaimansucher zurück. Ein paar besonders ausdauernde und harte holten sich Decken oder Schlafsäcke, um weiter auf den See zu starren. Unter diesen Umständen würde sich Frau Mahlzahn garantiert nicht zeigen. Darin waren wir uns einig.
Anne und ich bauten schließlich unser Zwei-Personen-Zelt auf. Während sich Mama und Herr Plambeck am Tisch noch leise unterhielten, rollten wir unsere Isomatten aus und machten

es uns in unseren Schlafsäcken gemütlich. Annes Papa hatte eigentlich nach dem Abwasch des Geschirrs gehen wollen, dann aber doch noch mal Platz genommen. Ich hatte längst das Gefühl, dass sich die beiden mochten. Das war mir natürlich recht. Solange Mama sich hier wohlfühlte, war die Gefahr, dass ich in diesen Ferien noch einmal allein mit ihr durch die Gegend fahren musste, ziemlich gering. Im Übrigen war Herr Plambeck der netteste Mann, den Mama in den letzten Jahren sympathisch gefunden hatte. Unter ihren Fastfreunden und richtigen Liebhabern waren ein paar merkwürdige Exemplare gewesen. Zum Teil richtige Knalltüten. Vor allem ihr letzter Freund hatte mir überhaupt nicht gefallen. Von der ersten Minute an hatte ich Carlo, wie er sich nannte, nicht leiden können. Eigentlich hieß er Karl, und im Rückblick musste mir Mama recht geben. Meine Einschätzung war nicht verkehrt gewesen. Carlo hatte einfach nicht zu ihr gepasst. Ich hatte ihm den Namen ›Die Wolke‹ gegeben, weil sein Rasierwasser beißend scharf nach schlecht gewordenem Essig gerochen hatte. Fast zwei Monate hatte es gedauert, bis Mama endlich kapierte, dass der Typ strohdoof war. Aber dann war sie zum Glück ganz schnell geheilt. Sie hatte ihn mit einer anderen gesehen. Das war zwar traurig für Mama, aber ich war froh, dass ›Die Wolke‹ aus unserem Leben verpuffte. Herr Plambeck dagegen war voll in Ordnung.
»Funktioniert deine Taschenlampe?«, fragte ich Anne.
»Ja, klar«, antwortete sie. »Wieso?«
»Könnten Kaiman kucken.«
»Meint Marco, Mahlzahn macht Mondwanderung?«
Und Anne war auch voll in Ordnung. Ich fand es klasse, dass wir auch jetzt sofort wieder auf derselben Wellenlänge sendeten. »Möglich, meint Marco«, sagte ich.

Meine Frage nach ihrer Taschenlampe brachte Anne jedoch auf eine vollkommen neue Idee. Später, wenn auf dem Platz alle schliefen, könnten wir uns zum Pförtnerhaus schleichen und nachsehen, wo der Dicke die braunen Federn zusammengefegt hatte. Natürlich war ich einverstanden. Wir nahmen uns vor, uns gegenseitig wach zu halten, bis Ruhe herrschte. Doch daraus wurde nichts. Offenbar hatten mich die Ereignisse des Tages so sehr erschöpft, dass ich sofort einschlief. Und Anne erging es ebenso. Von einem heftigen Schlag in den Rücken wurde ich unsanft geweckt. Sofort schoss mir Frau Mahlzahn in den Sinn. Hatte mir die Kaimandame ihr hartes Maul durch die Zeltwand in den Rücken gerammt?

»Nein, nicht!«, rief Anne in diesem Moment und ich bekam gleich noch eine verpasst. Anne schien zu träumen. Sie schlug im Schlaf um sich. Ich rüttelte an ihrer Schulter.

»Mag ich aber nicht, nein!«

»Anne, wach auf, du träumst«, flüsterte ich.

»Papa?«, fragte sie. Ihr war noch immer nicht bewusst, wo sie steckte.

»Quatsch, ich bin's«, flüsterte ich. »Marco.«

Endlich kam sie zu sich. »Was ist denn los?«

»Du hast geträumt und im Schlaf um dich geschlagen.« Ich hörte draußen ein seltsames Plätschern. »Leise.« Regen? Nein, dann hätten auch Tropfen auf die Zeltplane prasseln müssen. »Hörst du auch was?«, fragte ich flüsternd.

Wir lauschten in die Dunkelheit. Da war es wieder – ein seltsames Schmatzen. »Frau Mahlzahn?«, fragte Anne leise.

Ich fand nicht, dass diese Schmatzgeräusche zu einem Krokodil passten. Dann ein leises Klackern. »Da draußen schleicht jemand rum.« Vorsichtig öffnete ich den Reißverschluss. Zahn für Zahn. Fast geräuschlos. »Die Taschenlampe«, flüsterte ich. Anne drängte sich neben mich, hockte fast auf mir drauf. Sie wollte auch durch den schmalen Spalt nach draußen schauen. Im Licht des Halbmondes erkannten wir einen der beiden Zoologen. Den Chef. Er stand breitbeinig in einem Schlauchboot, hielt die Hände wie einen Trichter vor den Mund und knackte, schnalzte, schnarrte und versuchte offenbar, mit diesen Lauten Frau Mahlzahn an die Oberfläche zu locken. »Rück mal ein Stück«, sagte Anne. Sie beugte sich aus dem Zelt, nahm eine Handvoll kleiner Steinchen und schleuderte sie aus dem Handgelenk Richtung See. Die meisten Steinchen landeten noch an Land, ein paar prasselten jedoch ins Wasser. Der Mann richtete sich auf, das Boot schwankte, er verlor das Gleichgewicht – platsch. Er tauchte sofort wieder auf und hatte es mächtig eilig, ans Ufer zu gelangen. Nun war es vorbei mit der nächtlichen Ruhe auf dem Campingplatz. Auch Mama reckte den Kopf aus dem Fenster des Campingbusses. Und neben ihr – ich war genauso überrascht wie Anne – Herr Plambeck. Es sah ganz so aus, als hätte Mama einen neuen Freund und Annes Papa eine neue Freundin. Mehrere Leute kamen aus ihren Zelten und eilten ans Ufer, um dem Mann aus dem Wasser zu helfen. Andere

beschwerten sich, dass er so einen Lärm veranstaltete. Dass Anne dieses nächtliche Theater mit ihren Steinchen ausgelöst hatte, ahnte niemand. Und auch Mama und Annes Papa hatten nicht mitbekommen, dass wir wach waren und sie gesehen hatten.

»Ist dein Papa eigentlich tot?«, fragte Anne flüsternd, nachdem wieder Ruhe eingekehrt war.

»Nö. Glaub ich jedenfalls. Ich kenne ihn nicht. Mama sagt, er war ein Fehler.«

»Wie kann jemand ein Fehler sein?«

»Mama sagt das halt so. Sie hat sich nicht sehr lange mit ihm verstanden. Immerhin bin ich dabei rausgekommen.«

»Und das war kein Fehler?«

»He, pass auf, was du sagst«, erwiderte ich drohend, wusste aber, dass es nur ein Scherz gewesen war. Natürlich wollte ich auch wissen, weshalb Anne allein mit ihrem Papa lebte. Es dauerte eine Zeit lang, bis ich mich traute nachzufragen. »Und was ist mit deiner Mama passiert?«

»Autounfall.«

»Tut mir leid«, sagte ich.

»Hm, mir auch.«

Jetzt waren wir beide wieder hellwach. Anne erzählte mir, dass ihr Papa schon ewig keine Freundin mehr gehabt hätte. Natürlich erzählte ich ihr die Geschichte von der ›Wolke‹. »Dieser aufgeblasene Gockel hat schon in der ersten Woche, in der Mama mit ihm zusammen war, versucht, Papa zu spielen. Keine Chance.« Dass mir Mama vor gar nicht so langer Zeit erzählt hatte, dass ich während ihrer Beziehung zu Carlo ziemlich widerlich gewesen wäre, musste Anne ja nicht unbedingt wissen. Jedenfalls war es klar wie Entengrütze, dass es zwischen unseren Eltern ordentlich gefunkt hatte. Nur das Pförtnerhäuschen zu untersuchen, schafften wir immer noch nicht.

Am nächsten Morgen war Annes Papa verschwunden. Vermutlich hatte er sich davongeschlichen, weil Mama und er ihre Liebe vor uns noch eine Zeit lang geheim halten wollten. Glücklich wirkte Mama trotzdem. Sie strahlte mit der Sonne um die Wette. Eigentlich war sie nur körperlich anwesend. Mit ihren Gedanken war sie in einem kleinen Dorfsupermarkt. Deshalb bemerkte auch nicht sie, sondern ich durch einen zufälligen Blick aufs Display ihres Handys, dass eine weitere Nachricht aus der Zeitungsredaktion eingetroffen war. Mama rief Bretti noch vor dem Frühstück zurück. Er wollte wissen, wie sich die Geschichte mit dem Kaiman entwickelte. Warum sich Mama gestern nicht rechtzeitig vor Redaktionsschluss gemeldet hätte?

»Ich bin aber auch schusselig. Geschrieben hab ich was, aber dann hab ich vergessen, es abzuschicken«, antwortete sie vollkommen entspannt. »Was? – Hör mal, ich hab Urlaub.«

Bretti meinte, Frau Mahlzahn wäre der absolute Renner im diesjahrigen Sommerloch. Sogar die Nachrichtenagenturen hätten die Geschichte inzwischen mit Begeisterung aufgenommen und verbreiteten sie eifrig weiter. Mama solle sich bitte weiter darum kümmern.

»Na, meinetwegen«, sagte Mama weit mürrischer, als sie es in Wirklichkeit war. Schließlich lag der dritte Artikel sendebereit im Laptop. Mein Bild vom Reifenmörder war abgespeichert, und sie versprach, das Material gleich nachher zu schicken und weiter am Ball zu bleiben. Sie fragte Bretti, was er davon hielte, den Bürgermeister um ein Interview zu bitten. Unter Umständen könnte sie ja im Rathaus dunkle Machenschaften des Bürgermeisters gegen seinen Bruder aufdecken. Außerdem könnte sie Robbie noch mal befragen. Überhaupt würde sie sich wundern, wie wenig er sich um seine Frau Mahlzahn sorgte. »Ja, klar, wenn du unbedingt darauf bestehst«, säuselte Mama ins Telefon. »Bleiben wir eben etwas länger hier.«

»Ihr habt es gehört«, richtete sich Mama an Anne und mich. »Der Campingaufenthalt wird verlängert.«

Nicht dass ich Mama jemals für einen Trauerkloß gehalten hätte – aber was sie an diesem Morgen während des Frühstücks zusammenstrahlte, hätte glatt gereicht, um die Solaranlage auf dem Duschhäuschen für Wochen mit Energie zu versorgen.

»Was ist denn los?«, fragte sie mich verwundert, als ich wegen ihres glückseligen Gesichtsausdrucks lachen musste und den Kopf schüttelte. »Hab ich Marmelade an der Backe? Oder einen Popel in der Nase?«

»Nein, wieso?«, fragte ich.

Anne rührte grinsend in ihrer Müslischale. Mama blickte zwischen uns beiden hin und her, schüttelte irritiert den Kopf und erzählte, was sie für diesen Tag geplant hatte. Sie wollte erst wie versprochen den Artikel an die Redaktion schicken, dann wollte sie dem Bürgermeister einen Besuch abstatten, um schließlich in der nächsten größeren Stadt noch ein paar Besorgungen zu machen. »Wollt ihr mit?«

Ich sah Anne an. Wir waren einer Meinung.

»Wir bleiben hier«, sagte ich. »Ich könnte einen neuen Akku für die Kamera gebrauchen.«

»Klar, kein Problem.« In schlechten Zeiten hätte sie mich sofort nach Geld gefragt. Normalerweise muss ich solche Wünsche entweder ganz von meinem Taschengeld begleichen oder mich

wenigstens beteiligen. »Ihr könnt ja zu Jürgen gehen, falls etwas ist«, meinte Mama. »Ich sag ihm Bescheid. Muss sowieso noch am Laden vorbei und ihn etwas fragen.«
Aha – Annes Papa hieß also Jürgen. Und Mama ›musste‹ noch bei ihm vorbei. Wie sie das sagte – als handle es sich um eine fürchterliche Pflicht, die sie schon seit Wochen vor sich herschob. ›Muss noch den verstopften Abfluss sauber machen‹ oder so. Wenn Anne nicht dabei gewesen wäre, hätte ich Mama jetzt gefragt, für wie blöd sie mich eigentlich hielt. So fand ich ihr Getue einfach nur lustig. Hätte Mama gewusst, was sich im Laufe des Tages am See noch alles abspielen würde, wäre sie garantiert nicht weggefahren.

Kaum war sie verschwunden, legte ich mich mit Anne beim Pförtnerhaus auf die Lauer, um mitzubekommen, wann sich der Dicke endlich mal verdrückte. Wir wollten herausfinden, was es mit dieser Schaufel voller Federn und Hühnerreste auf sich hatte. Dieses merkwürdige Ereignis passte so überhaupt nicht in unser Mahlzahn-Puzzle. Als der Dicke endlich mit ein paar weiteren Neuankömmlingen davonwankte, um ihnen einen Platz anzuweisen, konnten wir die nähere Umgebung des Häuschens endlich in Ruhe untersuchen. Was wir vorfanden, hatte nichts mit normaler Sauberkeit zu tun. Die Steinplatten hinter dem Pförtnerhäuschen waren fast wie geleckt.
»Hier hat jemand Spuren beseitigt«, sagte Anne.
Es war so sauber, dass es wirklich nichts mehr zu entdecken gab. Eher zufällig rüttelte ich an der Türklinke des kleinen Holzverschlags. Die Tür war offen. Anne hatte ihre Taschenlampe dabei und leuchtete in den fensterlosen Raum. Sie ließ den Lichtkegel über ein Regal wandern. Pinsel, Farbtöpfe, ein

Schild CAMPING AM SILBERSEE 2 KM. Während sie die Lampe durch den engen Raum schwenkte, hatte ich auf dem Boden etwas entdeckt.

»Mach noch mal zurück«, sagte ich.

Anne richtete ihre Taschenlampe auf ein Paar Gummistiefel.

»Von denen könnten die Abdrücke am See stammen«, sagte ich und wagte einen Schritt in den düsteren Anbau.

In der einen Hand die Taschenlampe, die andere Hand auf meiner Schulter, blieb Anne dicht hinter mir. Im hellen Lichtkegel waren die deutlichen Spuren nicht zu übersehen. »Frau Mahlzahn war hier drinnen«, flüsterte Anne.

Mir wurde heiß. Vielleicht war sie es ja immer noch. Anne leuchtete den Boden ab. »Wie kommen die hier rein?«, fragte sie, als wir einmal mehr auf braune Federn stießen. »Ich kapier das alles nicht.«

Plötzlich erklang draußen lautes Hupen. Jemand war an der Schranke. Ich zog die Schuppentür zu. Anne knipste die Lampe aus. Wir befanden uns im Dunkeln.

»Ist das hier der See mit diesem Krokodil?«, rief jemand.

»Herzlich Willkommen!« Das war eindeutig der Dicke. »Bei mir sind Sie absolut richtig!« Er erklärte dem Neuen, wo er sein Wohnmobil hinstellen sollte, und hatte auch schon den Nächsten abzufertigen. Der Zulauf war unglaublich. Das Wochenende stand bevor. Offenbar wollte die halbe Welt die freien Tage auf dem Campingplatz am Silbersee verbringen. Durch einen schmalen Spalt unter der Bretterwand fiel ein Lichtstreifen. Nachdem wir uns an die Dunkelheit gewöhnt hatten, konnten wir auch ohne Taschenlampe in groben Umrissen erkennen, was es in der Hütte zu sehen gab. Anne deutete hinüber zum Spalt. »Der Dicke hat Frau Mahlzahn von der Leine genommen und sie hier eingesperrt. Und sie hat sich einfach unter der Wand durchgegraben und ist abgehauen.«

Auf allen vieren tastete ich mich hin, um nach Spuren zu suchen. »Du hast recht. Deutlicher geht es gar nicht. Frau Mahlzahn hat sich in die Freiheit gebuddelt.«

»Unser Dicker hätte eben nicht nur draußen, sondern auch hier drinnen gründlich fegen müssen.«

»Doch nicht ganz so schlau wie dick«, sagte ich, konnte mir aber nicht erklären, wie die braune Henne, die Robbie bei Bauer Sievers gekauft hatte, letztlich im Schuppen gelandet war. Nach gründlicher Untersuchung fanden wir weitere Überreste der Mahlzeit. Auf den blutigen Knochenresten krochen Fliegen und Ameisen. Sehr appetitlich. Wir setzten uns auf zwei Farbeimer und warteten, dass der Dicke wieder abzog. Es war warm und stickig im Schuppen. Anne döste ein. »Hör mal.«

Der Dicke begrüßte jemanden an der Schranke. Ich stieß Anne an. »Sieh mal an, die Herren von der Feuerwehr. Wer hat euch denn bestellt?«

»Dein Bruder.«

»Was soll das jetzt schon wieder? Weshalb hat er euch diesmal geschickt? Sollt ihr wieder mal meine angeblichen Altlasten entsorgen? Also, was wollt ihr hier? Oder seht ihr irgendwo ein Feuer?«

»Wir sollen Robbies Raubtier einfangen.«

»Ich fass es nicht!«, rief der Dicke. »Ist mein lieber Herr Bruder jetzt endgültig übergeschnappt?«

»Mensch, Herbert, reg dich ab. – Sag mir lieber, wie groß das Vieh ist.«

Ich presste mein Gesicht an die Bretterwand und versuchte, durch ein Astloch zu erkennen, was draußen vorging. »Der spinnt ja«, flüsterte ich Anne zu, als ich sah, wie weit der Dicke die Arme auseinanderhielt. »So groß ist Frau Mahlzahn nie im Leben.« Ich zeigte Anne, wie groß der Dicke die Kaimandame beschrieben hatte. Als die Luft wieder rein war, verließen wir den Schuppen und kehrten zum Campingbus zurück. Von dort aus konnten wir beobachten, wie sich die Feuerwehrleute mit den Männern vom Zoo stritten. Die wollten, dass man Frau Mahlzahn allein ihnen überließ. Die Feuerwehrmänner waren zahlenmäßig jedoch deutlich überlegen und luden große Netze aus. Wenige Minuten später traf dann noch eine Tauchergruppe ein. Fünf Leute. Sie waren mit Harpunen bewaffnet. Immer mehr Schaulustige versammelten sich am Ufer. Nur einer fehlte. Wo war Robbie? Wenn es nach mir gegangen wäre, hätte sich allmählich auch Mama wieder blicken lassen können. Ich selbst war ebenso ratlos wie Anne. Wir wussten nicht, was wir tun sollten. Arme Frau Mahlzahn. Mama hätte ich zugetraut, dass sie die Leute zur Vernunft bringen könnte. Mitten ins Chaos kam der Dicke angeschnauft. »Halt!«, rief er. Ein Streifenwagen folgte ihm im Schritttempo. Endlich eine gute Idee – dieses Mal hatte er selbst die Polizei gerufen. Ich hoffte, dass der Jagd nun ein Ende gesetzt würde. Aber die Ankunft eines Fernsehteams setzte dem Ganzen noch die Krone auf. Sie kamen von einem kleinen Sender, von dem weder ich noch Anne je etwas gehört oder gesehen hatten. Trotzdem spitzte sich die Situation weiter zu. Die Frau vom Fernsehen drängte die Männer von Feuerwehr und Polizei, doch ein bisschen aktiver zu sein. »Wenn alle so untätig rumstehen«, putschte sie die Leute auf, »brauchen wir die Kamera erst gar nicht auszupacken.« Als Erste ließen sich die Feuerwehrleute überreden. Die Aussicht, ins Fernsehen zu kommen, stachelte sie an. Der Dicke und die Zoologen versuchten, die uniformierten Männer zurückzuhalten, konnten sich aber nicht durchsetzen. Nur weil diese aufgeregte Fernsehtante es verlangte, schlüpften die Feuerwehrleute in ihre wasserdichten Hosen. Während die Taucher noch immer dabei waren, sich in ihre engen Anzüge zu zwängen, breiteten die Feuerwehrmänner bereits ihre Fangnetze aus, hielten sie in Brusthöhe vor sich und wateten zu sechst nebeneinander in den See. Aber das war dieser Frau immer noch nicht genug. Auch wenn ich sie für eine aufgeblasene Pute hielt, musste ich ihr zugestehen, dass sie sehr geschickt vorging. »Was sollen denn unsere Zuschauer denken?«, rief sie den Polizisten zu. »Das sieht ja aus, als würden Sie Ihr Geld mit Rumstehen verdienen.«

Als ich Mama nach ihrer Rückkehr alles erzählte, konnte sie es kaum glauben. Erst als Anne stumm nickend bestätigte, dass der jüngere Polizist tatsächlich seine Waffe gezogen hatte, schlug sie fassungslos die Hände vors Gesicht. »Was?«

Wir saßen an unserem Campingtisch. Anne hatte genau wie ich noch immer rote, verheulte Augen.

»Der hat Frau Mahlzahn einfach abgeknallt«, stieß Anne immer noch schluchzend hervor.

»So ein verdammter Idiot!«, schimpfte Mama.

Wir erzählten abwechselnd weiter. Ein Feuerwehrmann war gestrauchelt und ins Wasser gestürzt. Als er wieder auftauchte, wurde er panisch. Ungefähr so wie der Rocker am zweiten Morgen. Und was machte der Polizist? Er drückte ab! Mama schüttelte stumm den Kopf. Danach war alles unglaublich schnell gegangen. Die Feuerwehrmänner stürmten aus dem Wasser. Alle unversehrt. Der ältere Polizist brüllte seinen jüngeren Kollegen an und faltete ihn nach Strich und Faden zusammen. Das

Fernsehteam hielt die Kamera drauf und die Frau bemühte sich, Gesprächspartner zu finden. Der Schuss hatte jedoch nicht nur mich und Anne geschockt. Mit einem Mal wirkten alle Anwesenden ziemlich durcheinander. Jedenfalls war keiner mehr bereit, vor laufender Kamera eine Stellungnahme abzugeben.
»Nur Herbert hat sich voller Wut vor dieser Fernsehtussi aufgebaut«, erzählte Anne. »So hab ich ihn wirklich noch nie schimpfen gehört.«
Ich nickte. »Wenn man seine Flüche gezählt hätte, wäre eine ganze Truhe voll Eis als Strafe fällig.«
»Unser Dicker gefällt mir immer besser«, sagte Mama und meinte das offensichtlich absolut ernst. »Im Grunde scheint er ganz vernünftige Ansichten zu vertreten. – Und Frau Mahlzahn? Hat man sie gefunden?«
Anne und ich sahen einander an und schüttelten die Köpfe.
»Dann ist doch gar nicht sicher, dass sie getroffen wurde«, versuchte Mama uns zu beruhigen. »Habt ihr Blut gesehen?«
Wieder Kopfschütteln.
»Die Feuerwehrleute haben alles aufgewühlt«, erklärte ich. »Das Wasser war trüb und schlammig.«
»Anzeigen werde ich den Kerl«, schimpfte Mama auf den Polizisten. »Einfach in der Gegend herumzuballern. Du hast das nicht zufällig fotografiert?«
Richtig – ich hatte ja meine Kamera vor der Nase gehabt. Daran hatte ich nach dem Schuss überhaupt nicht mehr gedacht. »Ich weiß nicht mal, ob ich abgedrückt habe«, sagte ich und öffnete den Speicher. Wir steckten die Köpfe zusammen. Auf dem Display sahen wir die Feuerwehrleute mit dem Netz. Fünf standen im Wasser und schauten nach dem sechsten, der gestürzt war und gerade wieder auftauchte. Ich vergrößerte den Aus-

schnitt. Seine Augen waren weit aufgerissen. Er hatte Angst. Das konnte man sehen. Von seinen fünf Kollegen grinsten zwei. Die waren anscheinend etwas langsamer und schwer von Begriff. Einer schaute entsetzt auf den tropfnassen, prustenden Feuerwehrmann, zwei weitere kniffen die Augen zu, weil sie Wasser ins Gesicht bekommen hatten.

»Zeig mal den Ausschnitt Richtung Ufer«, sagte Mama, »ich meine, da war der Polizist mit drauf.«

Tatsächlich. Am linken oberen Bildrand sah man die Hand des Polizisten. Mit Waffe.

»Die qualmt noch«, sagte Mama. »Sauber. Du hast unmittelbar nach dem Schuss abgedrückt.«

Jetzt fiel mir auch wieder ein, dass ich den Finger auf dem Auslöser gehabt hatte und im Augenblick des Knalls zusammengezuckt war. Absichtlich hatte ich dieses Foto bestimmt nicht gemacht. Ich vergrößerte diesen Ausschnitt auf maximale Größe. Vor der Mündung des Laufs konnte man tatsächlich Qualm erkennen. Glücklicherweise war die Waffe auf den Boden gerichtet. Mama vermutete, dass auch der Polizist nicht absichtlich, sondern vor Schreck abgedrückt hatte. Nicht auszudenken, wenn er seine entsicherte Waffe in eine andere Richtung gehalten hätte.

»Und wenn du zehn Eis dafür haben willst«, sagte Mama, »der Kerl ist ein verdammter Idiot.«

»Wenn er in den Boden geschossen hat«, bemerkte Anne nun mit neuer Hoffnung, »kann er Frau Mahlzahn nicht getroffen haben.«

Daran hatte ich noch gar nicht gedacht. Ich hätte ihr vor Erleichterung um den Hals fallen können. Mama vergrößerte das Foto in dem Bereich, in dem sie das Geschoss vermutete. Auf dem

kleinen Bildschirm war nun der Fuß des Polizisten zu erkennen. Direkt daneben sah man eine Beule im sandigen Boden. Von der Form her entsprach sie einer Wasserbeule, die sich bildet, wenn ein Tropfen auf die glatte Wasseroberfläche platscht. Der Sand rings um die Einschussstelle wölbte sich nach oben.
»Tolle Aufnahme«, lobte Mama. »Genau im richtigen Augenblick abgedrückt. Das schicken wir an die Zeitung.« Sie nahm mich in den Arm und drückte mich fest an sich. Ich blies die Backen auf und merkte, wie ich mich allmählich wieder lockerer fühlte. Erst der Schreck, dann die Angst um Frau Mahlzahn und jetzt die Spannung, was wohl auf dem Foto zu sehen war. Schließlich hatten Mama und ich im selben Moment den gleichen Gedanken: Wir blickten auf Anne und öffneten einladend unsere Umarmung, um auch sie mit einzuschließen. So verharrten wir ich weiß nicht mehr wie lange.
Nicht einmal als ihr Handy klingelte, ging Mama ran. Erst waren wir dran. Und das tat so richtig gut.
Natürlich schaute Mama später nach, wer angerufen hatte. Bretti. Sie meldete sich bei ihm, um zuallererst zu fragen, ob sie für die morgige Ausgabe mehr Platz haben könne. Bretti meinte stolz, er habe Mama in weiser Voraussicht und journalistischer Vorahnung bereits eine halbe Seite reserviert. Soeben war nämlich im Fernsehen berichtet worden, dass die Geschichte um das Krokodil im Silbersee ein tragisches Ende genommen hätte. Ein Polizist hätte es erschossen, geborgen hätte man das tote Tier allerdings noch nicht.
»Was erzählen die wieder für eine Scheiße?«, fragte Mama und hielt sich schnell den Mund zu. Diesmal hatte ich sofort reagiert und ihr angezeigt, dass nun doch wieder mal ein Eis fällig war.
»Die sind nicht ganz dicht«, fuhr Mama fort und erzählte ihrem

Kollegen, was sich wirklich zugetragen hatte. Im Anschluss an dieses Telefongespräch rieb sie sich die Hände. »Wetten, dass unsere Zeitung morgen einmal mehr die einzige ist, in der die Wahrheit zu lesen steht? An die Arbeit.«

Sie klappte ihren Laptop auf und tippte los. Allerdings wurde sie mehrmals unterbrochen. Erst kam Annes Papa. Zufällig hatte er beim Kassemachen den Fernseher eingeschaltet und den Bericht in den Abendnachrichten gesehen. Aus Sorge um Anne und mich hatte er alles stehen und liegen lassen und war sofort rübergekommen. Erleichtert schloss er uns in die Arme, und auch Mama wurde mit ins Umarmungspäckchen aufgenommen. Eine Drückerei war das an diesem Tag.

»Wenn die Leute nicht immer so einen Mist erzählen würden, wäre ich früher gekommen«, sagte er. »Schon unmittelbar nachdem es passiert sein muss, war so ein aufgedrehter Tourist in den Laden gekommen und posaunte rum, dass ein Polizist Frau Mahlzahn erschossen hätte.« Er tippte sich an die Stirn. »Das konnte doch gar nicht stimmen! Ich muss noch mal los«, sagte er nach einem Blick auf seine Uhr. Er müsse schließlich noch die abendliche Abrechnung fertig machen. Als jedoch ganz überraschend Robbie auf uns zuradelte und sich nach fast zwei Tagen wieder mal am See blicken ließ, blieb auch Annes Papa noch einmal stehen. »Weißt du schon das Neueste?«, fragte Anne Robbie.

»Wenn du so fragst, vermutlich nicht«, sagte er. »Aber vielleicht erzählst du es mir.«

»Vorhin kam im Fernsehen, dass sie Frau Mahlzahn erschossen haben«, sagte Anne.

Robbie reagierte mit seinem wiehernden Lachen. Dass er sich so gar keine Sorgen um seine Kaimandame zu machen schien,

fand ich in diesem Augenblick dann doch etwas seltsam. »Denen fällt auch nichts Gescheites mehr ein«, sagte er nur. »Die spinnen doch total.«
»Es wurde aber wirklich geschossen«, sagte ich.
»Was? Wann?« Ganz offensichtlich hatte Robbie wirklich noch nichts vom Aussetzer des übereifrigen Polizisten gehört.
Anne erzählte auch ihm haarklein, was abgelaufen war. Mama blickte sowohl Jürgen als auch Robbie zweifelnd von der Seite an. Genau wie mir schien ihr irgendetwas spanisch vorzukommen. Offenbar kapierte sie ebenso wenig wie ich, weshalb Robbie nicht das kleinste bisschen erschrocken wirkte. Es hätte doch immerhin im Bereich des Möglichen gelegen, dass an der Nachricht was Wahres dran war. Wusste er etwas, was wir nicht wussten?
Und Annes Papa? Wieso war er nicht sofort zum Campingplatz gekommen? Wenn mir jemand erzählt hätte, dass an dem Ort, an dem sich Anne befindet, irgendwer herumballert, wäre ich an seiner Stelle, ohne einen Moment zu zögern, losgerast. Garantiert!
Wieso hatte Jürgen dem Dorfklatsch keinerlei Glauben geschenkt? Weshalb hatte er sich andererseits sofort Sorgen gemacht, nachdem er den Bericht im Fernsehen gesehen hatte? Warum war Robbie seine Frau Mahlzahn plötzlich so gleichgültig?
Zwei Tage lang hatte er sich nicht blicken lassen und sie einfach ihrem Schicksal überlassen. Und auch jetzt regte er sich nicht einmal darüber auf, dass sein Sportskamerad in Uniform am See herumgeballert hatte. Seine Kaimandame hätte tot sein können!
Als hätte sie meine Gedanken gelesen, wandte sich Mama an

Robbie. »Dir scheint es ja ziemlich egal zu sein, wie es deiner Frau Mahlzahn geht.«
Mit den Händen in den Taschen zog er die Schultern hoch. »Wieso? Ich weiß es doch.«
»Ich bitte dich, Robbie«, sagte Jürgen empört. »Wie kannst du das denn jetzt so einfach behaupten?«
Noch einmal zuckte der krokolose Krokopunk mit den Schultern. »Ich hab sie vorhin gesehen.« Er wandte sich um und zeigte auf den See. »Dort hinten. Hab sie leider nicht erwischt.«

Diese Nachricht ließ dann doch den Knoten platzen. Mama warf in die Runde, dass sie Hunger hätte, und fragte mich, ob ich Lust hätte, Strammen Max zu machen. »Das geht schnell und macht satt.« Ich hatte an diesem Abend allerdings ausnahmsweise mal keine Lust, fürs Essen zu sorgen. Weil sie ebenfalls zu faul war, den Kochlöffel zu schwingen, schlug Mama vor, essen zu gehen. Während Anne und Jürgen nach Hause eilten, um im Laden die Abrechnung zu erledigen und sich umzuziehen, machte Mama ihren Artikel und meine Momentaufnahme vom Schuss des Polizisten versandfertig und schickte beides an die Redaktion.

Strammer Max S. 116

Kapitel 8

Jürgen schlug einen Landgasthof vor, wo man draußen sitzen konnte. Die Gesprächsfetzen, die von den Nebentischen zu uns herüberschwappten, sorgten an unserem Tisch für gute Laune. Kaum zehn Kilometer vom Silbersee entfernt hörte sich die Geschichte von Frau Mahlzahn, dem Feuerwehreinsatz und dem Auftauchen der Polizei vollkommen anders an. Bei so viel Klatsch und Tratsch erschien es mir plötzlich logisch, dass sich Annes Papa wegen der paar Gerüchte im Laden keine Sorgen gemacht hatte. Aus dem kleinen Kaiman im Silbersee war am Tisch nebenan ein vier Meter langes Ungeheuer geworden, das alle Enten weggeputzt, zwei Schwäne verschlungen und einen Camper angegriffen hatte. Die zwei Polizisten von heute Nachmittag waren zu einem Sondereinsatzkommando angeschwollen, das in Kampfanzügen angetreten war und Schnellfeuerwaffen bei sich hatte. Mama und Jürgen lachten sich fast unter den Tisch. Die beiden kicherten und alberten um die Wette. Auch Anne und ich fanden die Übertreibungen lustig. Es war unglaublich, was für einen Unsinn der Wortführer am Nebentisch verbreitete. Er wirkte ein wenig betrunken. Vielleicht lag es daran, dass er schließlich auch noch behauptete, mit eigenen Augen gesehen zu haben, wie vier Männer die tote Frau Mahlzahn nach erfolgreicher Jagd aus dem Wasser getragen hätten. Das Tier würde ausgestopft und dem Heimat-

museum übergeben. Woher er das alles nur wusste? Am See war er mir jedenfalls nicht aufgefallen. Vor allem war er längst nicht so dicht an der Wahrheit dran wie Anne und ich. Gleich morgen früh wollten wir der noch immer ungeklärten Frage auf den Grund gehen, wie Frau Mahlzahns Spuren und die Federn in den Schuppenanbau gekommen waren. Für mich war der Dicke jetzt fällig. Mein erster Gang würde mich zum Pförtnerhäuschen führen, um ihn endlich zur Rede zu stellen.
Es kam jedoch alles ganz anders. Und ich musste mich am nächsten Morgen nicht einmal zu ihm nach vorne bemühen, um der Wahrheit ein gutes Stück näher zu kommen.
Mama, Anne und ich saßen noch gemütlich beim Frühstück, als der Betreiber des Campingplatzes mit einem Bündel Zeitungen auf uns zuschnaufte. Heute brachte er gleich fünf verschiedene Tageszeitungen mit. Mamas Zeitung lag obenauf. »Ihre ist die einzige«, sagte er, »in der die Wahrheit steht. Kompliment.«
Mama bedankte sich, überflog ihren Artikel und die Meldungen der anderen Zeitungen. Anne und ich stellten uns hinter sie und lasen über ihre Schulter hinweg mit.
»Sieh dir das mal an.« Mama zeigte auf die Abbildung eines riesigen Krokodils mit weit aufgesperrtem Maul. Ein Archivbild. Jede einzelne Meldung war frei erfunden. Nur in einem Punkt stimmten sie mit Mamas Artikel überein: In jeder Zeitung stand auf die eine oder andere Art, dass der Campingplatz neu, schön und idyllisch war.
Das freute den Dicken. »Das hab ich alles Ihnen zu verdanken.«
Mama warf lachend den Kopf nach hinten. »Ich meine, mich daran erinnern zu können, dass Ihnen unser erster Bericht ganz und gar nicht gefallen hat.«
Er knetete seine Finger. »Na ja, da hatte ich eben noch nicht

erkannt, dass – also – jedenfalls würde ich jetzt gerne …« Er redete nicht mehr weiter.
Mama sah ihn fragend an. »Ja?«
»Darf ich Sie für die Tage, die Sie bis jetzt hier waren, einladen?«
Mama machte große Augen, sah mich an, als müsste sie mich um Erlaubnis bitten. Auf dieses Angebot fiel mir spontan allerdings auch nichts ein. Ich war ebenso sprachlos wie Mama. Die fing sich aber schnell wieder. »Das nenne ich einen großzügigen Rabatt. Was verschafft uns die Ehre?«
Der Dicke wand sich, verknotete beinahe seine wurstigen Finger. Noch nie hatte ich einen Erwachsenen so verlegen gesehen.
»Wollen Sie sich nicht setzen?«, fragte Mama und holte einen vierten Klappstuhl aus dem Bus.
»Danke.« Der Dicke nahm Platz. »Sie kennen doch sicher das Ungeheuer von Loch Ness?«
»Natürlich«, antwortete Mama. »Wer kennt es nicht?«
»Na ja, also, nach Ihrem ersten Artikel …« Es war schon beinahe anstrengend, ihm zuzuhören. Umständlich suchte er nach Worten, geriet immer wieder ins Stocken. Trotzdem war ich wohl der Erste, der kapierte, worauf er hinauswollte: Das Ganze sollte ein Geständnis werden! Mit einem Mal war mir klar, wie die Puzzleteile, die Anne und ich bisher gesammelt hatten, zusammenpassten. Frau Mahlzahn verschwunden, die Leine trotzdem unversehrt. Das geschlachtete Huhn, das mal hier, mal dort Federn gelassen hatte. Die von Tag zu Tag wachsende Freundlichkeit des Dicken. Für einen Moment hatte ich sogar vollkommen richtig den Verdacht gehegt, dass Frau Mahlzahn nicht da war, wo wir alle die Kaimandame vermuteten. Allmählich kam der Dicke in Schwung, und ich konnte kaum glauben, wie schlau und verschlagen er war.

Im Anschluss an Mamas erste Veröffentlichung, über die er sich ja noch so schrecklich aufgeregt hatte, war dieses Rentnerpaar zum Silbersee gekommen. Als ihm die Verbindung zwischen diesen beiden Ereignissen dämmerte, fing es in seinem Kopf an zu tickern.

Ganz überraschend war Mamas Artikel zur kostenlosen Werbung für ihn geworden. Als er sich dann auch noch an seinen Jahre zurückliegenden Urlaub in Schottland erinnerte, wurde ihm schnell klar, wie er einen weiteren Zeitungsartikel provozieren könnte. Wie fast alle Touristen, die den Norden der britischen Hauptinsel bereisen, war auch er am Loch Ness gewesen. Jeder weiß, dass das dortige Ungeheuer eine Erfindung geschäftstüchtiger Leute ist, die damit nichts anderes im Sinn hatten, als den Tourismus anzukurbeln. Nachdem die Nachricht von der Sichtung eines Seeungeheuers Touristen aus aller Welt in die abgelegene Gegend gelockt hatte, wurde dieses Prinzip alljährlich wiederholt. Was den Schotten recht war, sollte ihm billig sein. Frau Mahlzahn wurde zu seinem Ungeheuer! Schon in der nächsten Nacht entführte er die Kaimandame, und von da an lief alles von alleine. Sein Bruder, der aufgeblasene Bürgermeister, gab seinen Senf dazu und machte sich dadurch verdächtig. Die Polizei wurde eingeschaltet, die Zoologen bekamen Wind davon und so weiter und so fort. Und gestern kam sogar noch dieses Fernsehteam.

Mamas Miene verfinsterte sich mehr und mehr. Beim Stichwort Loch Ness hatte es noch nicht geklingelt. Aber mit jedem Satz, den der Dicke von sich gab, wurde ihr klarer, welch hinterlistiges Spiel er mit ihr getrieben hatte. Sie fühlte sich ausgenutzt und vermutlich ziemlich trottelig.

»Wie kam das Huhn in den Schuppen hinterm Pförtnerhaus?«, fragte Anne.
Nun schaute Mama noch dümmer aus der Wäsche. Von einem Huhn im Schuppen hatte sie ebenfalls noch nie was gehört. Auch der Dicke zeigte sich überrascht. »Woher weißt du das?«
»Uns bleibt eben nichts verborgen«, antwortete Anne und blickte mich an.
Er räusperte sich. »Das mit dem Huhn war Zufall«, erklärte er. »Ich hab meine übliche Runde um den See gedreht ...«
»In Gummistiefeln?«, fragte zur Abwechslung ich dazwischen.
Der Dicke nickte zögernd. Anne und ich hielten die Daumen hoch. Mama schüttelte den Kopf und schien sich zu fragen, was wir noch alles wussten, wovon sie nicht die leiseste Ahnung hatte.
»Plötzlich sehe ich dieses tote Huhn auf dem Weg liegen«, berichtete der Dicke weiter. »Frisch geschlachtet. Das konnte nur ein Köder sein, mit dem Robbie Frau Mahlzahn aus dem Wasser locken wollte. Das hat er mir inzwischen auch bestätigt. Robbie konnte aber nicht wissen, dass Frau Mahlzahn zu dieser Zeit gar nicht im Wasser war, sondern im Schuppen. Konnte mir was Besseres passieren, als das richtige Futter geliefert zu bekommen? Ich habe es zum Schuppen gebracht, ratzfatz war das Huhn verputzt. Ein bisschen bange wurde mir schon, als das Biest bei meinem nächsten Besuch verschwunden war.« Kopfschüttelnd verdrehte er die Augen. »Buddelt sich das Viech einfach unter den Brettern nach draußen.«
Mama unterdrückte ihren Ärger. »Moment mal«, sagte sie. »Verstehe ich Sie richtig? Frau Mahlzahn war anfangs gar nicht im See?«
Der Dicke nickte.

»Aber nachdem sie Ihnen ausgebüxt war, wurde sie im See gesichtet?«
Das wiederum konnten Anne und ich bestätigen. Mama atmete tief durch, verschränkte die Arme und funkelte den Dicken an. Der bekam das allerdings gar nicht mit. Er zeigte vielmehr mit strahlender Miene und einer ausladenden Bewegung auf die vielen Zelte, Campingwagen und Wohnmobile, die inzwischen auf dem Platz standen. »Das bisschen Wirbel um Frau Mahlzahn hat meinen Platz in wenigen Tagen zu einem Drittel gefüllt. Jetzt hoffe ich natürlich, dass sie bald gefunden wird. Damit das Schild mit dem Badeverbot wieder weg kann.« Er schüttelte ungläubig den Kopf. »Ich bin ja ein optimistischer Mensch – aber dass ich so ein Glück haben würde! Das hab ich nur Ihnen zu verdanken. Es tut mir leid, dass ich Sie – na ja, wie soll ich sagen – hinters Licht geführt habe. Deshalb möchte ich mich in aller Form bei Ihnen entschuldigen.«
»So«, sagte Mama knapp. Das verhieß nichts Gutes. Sie schien innerlich zu kochen. Das sah ich ihr an. »Sie glauben doch nicht, dass ich das jetzt so stehen lasse?«
»Mama«, versuchte ich sie zu beruhigen.
Mir war klar, dass sie sich genasführt fühlte und diese Geschichte mächtig am Lack ihrer Journalistenehre kratzte. Wo sie doch extra zum Rathaus gefahren war, um herauszufinden, welche Gemeinheiten und Tricks der Bürgermeister planen könnte. Bestimmt fühlte sie sich bis auf die Knochen blamiert.
»Er hat doch nichts Böses gewollt«, fuhr ich fort.
»Ach ja?« Noch einmal wandte sie sich an den Dicken. »Und was sagt Ihr Neffe dazu? Immerhin hat er Ihretwegen sein Kuscheltier verloren.«
»Na ja«, erwiderte der Dicke verlegen, »aufgeregt hat er sich

schon. Aber was soll ich jetzt machen? Im Übrigen scheint er sich damit abgefunden zu haben, dass Frau Mahlzahn im See verschwunden ist. Und glauben Sie bloß nicht, dass mir das jetzt angenehm wäre!«

»Ein Kaiman im Badesee«, bemerkte Mama spitz, »auf lange Sicht ist das keine gute Werbung.«

Manchmal konnte sie ganz schön fies sein. Aber war das in diesem Fall nicht verständlich? Wo sie doch immer dafür eintrat, dass die Leserinnen und Leser ihrer Artikel ein Recht auf Wahrheit hätten und dass es Fantasiegeschichten und Schmierkram in ihrer Zeitung nicht geben sollte. Wer so was lesen will, muss sich die bekannten Lügenblätter kaufen. Dass es sich lediglich um eine ziemlich harmlose Sommerlochgeschichte handelte, spielte für Mama keine Rolle. Sie fühlte sich aufs Kreuz gelegt. Ich dagegen fand es ganz anständig von dem Dicken, dass er uns alles erzählt hatte. Er hätte die Wahrheit auch für sich behalten können.

Als er schließlich aufstand und Mama die Hand reichte, schüttelte sie ablehnend den Kopf. »So einfach geht das nicht«, sagte

sie. »Ich werde noch einen Artikel schreiben. Was da drin stehen wird, muss ich mir noch sehr gründlich überlegen.« Sie verließ den Tisch und ging hinunter zum See. Der Dicke blieb neben uns stehen wie ein begossener Pudel.
»Ich finde es toll, dass Sie uns alles erzählt haben«, sagte ich. »Ich werde noch mal mit ihr reden.«
»Danke, das ist nett«, erwiderte er leise, um sich dann auch noch bei Anne und mir zu entschuldigen. Mit hängenden Schultern trottelte er davon.
Mama blieb lange am Ufer stehen und blickte aufs Wasser. Anne und ich waren längst mit dem Frühstücksgeschirr fertig, als sie immer noch da unten stand.
»Kannst du dich mal eine Zeit lang verdünnisieren?«, fragte ich Anne. »Ich muss mal allein mit Mama reden.«
»Klar«, sagte Anne. »Ich bring inzwischen Papa auf den neuesten Stand.«

Griechischer Sommersalat S. 122

Kapitel 9

Ich ging hinunter zum Ufer und nahm wortlos Mamas Hand. Einfach um ihr zu zeigen, dass ich kapierte, was in ihr vorging. Es war noch nicht einmal eine Stunde her, da hatte sie darüber gespottet, was für einen Mist die anderen Zeitungen gedruckt hatten. Nur wenig später hatte sie erkennen müssen, dass sie mit ihren eigenen Zeilen der Wahrheit nicht viel näher gekommen war.

»Es ist doch nichts Schlimmes passiert«, versuchte ich sie zu trösten. »Und der Dicke ist eigentlich ganz nett. Stell dir vor, sein Bruder hätte gewonnen. Dann würde hier eine Fabrik hinkommen.«

Mama atmete laut aus. »Oder ein Freizeitpark mit Disco.«

Ganz ehrlich: Einen Freizeitpark hätte ich auch nicht so schlecht gefunden. Aber das behielt ich für mich. War ja im Moment nicht so wichtig. Viel wichtiger war es, Mama klarzumachen, dass der Dicke mit seinem Campingplatz was Tolles auf die Beine stellte.

»Hast recht«, sagte Mama schließlich, »hier ist es viel zu schön, um den Leuten in die Suppe zu spucken.« Eine sogenannte Richtigstellung würde sie aber trotzdem schreiben. Mit der ganzen Wahrheit. Damit müsse der Dicke einfach leben. Allerdings dürfe er auch mit viel Lob für seinen Ökocampingplatz am Silbersee rechnen. Mama legte mir ihren Arm um die Schultern.

»Was ist jetzt eigentlich mit Jürgen?«, fragte ich Mama und überraschte sie mit dem plötzlichen Themenwechsel.
Sie sah mich kurz an, blickte wieder auf den See, zuckte mit den Schultern. Ich wartete. Natürlich dauerte es mir viel zu lange. Nach außen gab ich mich allerdings geduldig.
Endlich stieß sie einen Seufzer aus.
»Tja, also, ich glaube, Jürgen und ich – wir haben einander ganz gern.«
Na bitte. Ich hatte zwar immer gedacht, man würde so was Liebe nennen, aber Mama war froh, als ich ihr sagte, dass ich Jürgen auch ganz gut leiden konnte. Und als ich ihr sagte, dass Anne sie ebenfalls mochte, wirkte Mama richtig happy.
»Das heißt aber noch lange nicht, dass wir zusammenziehen«, sagte Mama.
Wie kam sie nur auf so was? Jürgen hatte hier seinen Laden und Mama hatte zu Hause ihre Arbeit bei der Zeitung. Und ich ging auf meine Schule und Anne auf ihre. Zusammenziehen war also ohnehin nicht möglich. Aber es war ja nicht das erste Mal, dass ich Mamas seltsame Gedankengänge nicht kapierte. Die Aussicht, Anne auch außerhalb der Ferien wiederzusehen, war mir jedenfalls recht.
Obwohl ich mir in Anbetracht von Mamas Wortwahl nicht so sicher sein konnte: ›Wir haben uns ganz gern‹ – für mich hörte sich das an wie ›Die Würstchen sind fertig‹ oder ›Die Kartoffeln sind gar‹.

Gleich im Anschluss an unser Gespräch begleitete ich Mama zum Pförtnerhaus. Robbies Onkel fiel ein Riesenstein vom Herzen, als Mama seine Entschuldigung doch noch annahm. Er hatte sich bereits ausgemalt, wie sie den Campingplatz am

Silbersee in die Pfanne hauen und schlechtmachen würde. Vollkommen unbegründet – Rache war noch nie Mamas Ding gewesen. Jedenfalls versicherte der Dicke noch einmal, dass er uns für den Aufenthalt nichts berechnen wollte.

»Danke, sehr freundlich«, sagte Mama. »Aber glauben Sie bloß nicht, dass ich irgendetwas schönfärben werde.«

Er schluckte. Mama lachte. Ihn jetzt zappeln zu lassen, schien ihr durchaus Spaß zu bereiten. »Nun machen Sie sich mal keine zu großen Sorgen. Schauen Sie sich doch um – was ist hier nicht in bester Ordnung? Kann ich über diesen Ort irgendetwas schreiben, was die Leute von einem Besuch abhalten würde?«

Der Dicke atmete auf. Endlich kapierte er, dass er nichts zu befürchten hatte. »Na ja, wenn Sie meinen«, sagte er verlegen. Plötzlich verzog er das Gesicht, als hätte er Zahnschmerzen. »Dann hab ich ja nur noch ein Problem.« Er zeigte hinunter zum See. »Camping am Badesee mit Badeverbot ist auf Dauer wohl witzlos.«

»Irgendwann wird Frau Mahlzahn schon wieder auftauchen«, sagte Mama aufmunternd, ehe wir zum Bus zurückkehrten.

Während ich den Speicher der Kamera nach einem passenden Foto durchforstete, saß Mama an ihrem Laptop. Sie hätte die Arbeit an ihrem vierten Artikel vom Silbersee auch am morgigen Sonntag erledigen können. Aber sie wollte sich den Tag freihalten, um etwas mit Anne und Jürgen unternehmen zu können. Mama saß mit dem Rücken zum Weg, und so bemerkte ich die ankommende Delegation zuerst. Kamera hoch und klick. Sofort war mir klar, dass ich damit die Suche nach einem geeigneten Foto einstellen konnte – ich hatte es soeben geschossen. Kein anderes Bild würde besser zu Mamas letztem Artikel vom Silbersee passen. Sie hob den Blick und lächelte. Sie glaubte offenbar, ich hätte sie bei der Arbeit fotografiert. Doch das Objektiv meiner Kamera war noch immer auf ein Motiv hinter ihr gerichtet. Sie drehte sich um, traute für einen Moment ihren Augen nicht. Freudestrahlend und winkend stapfte der Dicke auf uns zu. Neben ihm spazierten Robbie und Annes Papa. Der hielt eine pinkfarbene Leine in der Hand. Und am Ende der Leine befand sich Frau Mahlzahn, die im typisch wankenden Echsengang auf uns zukam. Etwas seltsam fand ich, dass Anne mit ein wenig Abstand hinterhertrottete.

»Das gibt's doch nicht«, sagte Mama leise. »Verrät mir bitte mal jemand, was hier eigentlich gespielt wird?«, rief sie der Delegation entgegen.

Was dann kam, war echt der Hammer: Annes Papa war der wahre Drahtzieher hinter der ganzen Sache!

»Frau Mahlzahn ist schon lange nicht mehr im See«, begann er zögerlich sein Geständnis. »Sie logiert schon seit zwei Tagen im Geräteschuppen hinterm Supermarkt. Außer mir wusste nur noch eine Person Bescheid.«

Mama schaute in die Runde, ihr Blick blieb auf Anne haften. Die schnappte nach Luft, kam aber nicht dazu, etwas zu sagen.

»Nein, Anne hat nichts mitbekommen«, sagte Jürgen.

Nun sahen wir alle auf Robbie. Der grinste breit.

»Robbie hat seine ausgebüxte Kaimandame doch schon am Mittwochabend eingefangen«, erklärte Jürgen.

»Übrigens ziemlich nahe an der Stelle, an der Marco und du sie nachmittags gesehen habt«, fügte Robbie an Anne gewandt hinzu. »Na ja – und dein Paps hatte mir ja vorher schon angeboten, Frau Mahlzahn in eurem Schuppen unterzubringen. Allerdings nur, wenn ich niemanden verrate, dass sie wieder aufgetaucht ist!«

»Tut mir leid«, sagte Jürgen. Er schaute wirklich verlegen aus der Wäsche. Schließlich blickte er Mama fast flehend in die Augen. Oder schmachtend? »Ich wollte doch nur eure Abreise verzögern. Robbie kann nichts dafür. Er war einfach froh, Frau Mahlzahn wiederzuhaben.«

»Was kuckt ihr so bedröppelt? War doch lustig. Und wo ich mich um Frau Mahlzahn kümmere, ist mir doch egal.«

Nun war Mama endgültig von den Socken.

»Seit Mittwoch?«, fragte sie und schaute Annes Papa ungläubig an. Während sie sich noch den Kopf zerbrochen hatte, wie sie Jürgen mitteilen konnte, dass sie ihn mochte, hatte er seine Strategie also längst festgelegt. Jedem anderen Menschen auf dieser Welt wäre sie bis ans Ende ihrer Tage böse gewesen! Von wegen ›Wir haben einander ganz gern‹. Mamas oberflächliche Wortwahl und ihre wirklichen Gefühle klafften ja so weit auseinander. Aus Sicht der seriösen Journalistin, die in ihrer Zeitung immer nur die Wahrheit berichten möchte, hätte Mama im ganzen Leben kein Wort mehr mit Jürgen wechseln dürfen. Er hatte sie mit seiner Aktion ja so was von blamiert. Dagegen war die Lügengeschichte des Dicken richtig harmlos. Weil sie Jürgen jedoch ›ganz gern‹ hatte, konnte sie ihm seine hübsch eingefädelte Nummer offenbar locker verzeihen.

»Glaub bloß nicht«, drohte sie trotz allem gut gelaunt, »dass ich deine hinterhältigen Machenschaften gegenüber meinen Leserinnen und Lesern verheimlichen werde.«

Mama war in diesem Moment natürlich klar, dass sie den Ansatz für ihren nächsten Artikel noch einmal überdenken musste. Dass die ganze Sache aber noch eine weitere, vollkommen neue Richtung nehmen würde, konnte sie genauso wenig ahnen wie Anne und ich.

Plötzlich zupfte mich Anne am T-Shirt. »Kommst du mal mit?«, fragte sie leise.
»Wohin?«
Sie blickte genervt auf ihren Vater, der bereits wieder mit Mama turtelte. »Ach – einfach weg.«
Obwohl mir nicht klar war, welche Laus ihr so plötzlich über die Leber gelaufen war, begleitete ich sie zum Ufer hinunter.
»Wenigstens mich hätte er einweihen können«, meinte Anne beleidigt, während wir auf den Trampelpfad um den See einbogen.
Daher wehte der Wind! Sie war sauer auf ihren Papa, weil er auch ihr alles verheimlicht hatte. Obendrein ärgerte sie sich, dass sie ihm nicht auf die Schliche gekommen war: »Nachdem er mir zweimal ausgeredet hat, etwas aus dem Schuppen zu holen, hätte ich doch stutzig werden müssen! Beide Male kam er mit fadenscheinigen Begründungen daher, dass ich es besser lassen sollte.«
Im Grunde war Annes Ärger dem von Mama ziemlich ähnlich. Beide hassten es, aufs Glatteis geführt zu werden. Eine Zeit lang gingen wir schweigend weiter um den See herum. Unvermittelt blieb Anne stehen. »Und wir zwei Idioten dachten die ganze Zeit, wir wären so dicht an der Lösung dran.« Sie presste Daumen und Zeigefinger aufeinander.
»Könntest du den Idioten in meinem Fall bitte wieder zurücknehmen?«, fragte ich.
Sie rang sich ein Lächeln ab. »Nein!«
»Also gut, dann ist die Sache für mich erledigt. – Anne, vergiss es. Das nächste Mal passen wir eben genauer auf.«
»Welches nächste Mal?« Nun hörte sie sich auch noch traurig an. Bevor mir einfiel, was ich hätte antworten können, flog nicht weit von uns ein halbes Dutzend quakender Enten auf.

Anne duckte sich instinktiv. »Hoffentlich ist das nicht wieder unser durchgeknallter Jäger.«
Auch ich suchte Deckung hinter dem mannshohen Schilfgras. Vorsichtig drückte ich die Halme zur Seite. Wer oder was mochte die Enten aufgescheucht haben?
»Au! Verdammt!«, hörten wir jemanden fluchen. »Pass doch auf! Das war mein Fuß!«
»Stell dich nicht so an«, war eine zweite Person zu hören.
Gute fünfzig Meter von uns entfernt sahen wir zwei Typen, die eine offensichtlich schwere Tonne Richtung Zaun rollten. Ich war sofort sicher, dass es dieselben Typen waren, die wir schon vor einigen Tagen dort hinten gesehen hatten.
Auch Anne meinte leise: »Die beiden Muskelmänner kennen wir doch. Was in dem Fass wohl drin ist?«
»Bestimmt nichts Gutes«, flüsterte ich und holte die Kamera hervor. Um ihre Aktivitäten festzuhalten, nahm ich sie ins Visier und zoomte mich ran. Als sie den Weg oberhalb der Uferböschung erreichten und sich keuchend und ächzend über das verbeulte Fass beugten, drückte ich den Auslöser.
»Verdammt!«, rief der eine.
»Was war das?«, fragte der andere.
Mein Blitz hatte sie aufgeschreckt. Wie hatte ich nur so blöd sein können, den Blitz nicht auszuschalten? War doch klar, dass das Licht am Waldrand zu dämmrig sein würde. Die beiden blickten suchend in unsere Richtung. Anne war ebenso schnell auf den Beinen wie ich. Wir rannten los.
»Da! Die hauen ab!«, hörte ich einen der Männer rufen.
Ohne uns absprechen zu müssen, rannten Anne und ich in den Wald. Wenn wir überhaupt eine Chance hatten, ihnen zu entkommen, dann zwischen den Bäumen. Sie mochten zwar

schneller sein, aber wir waren mit Sicherheit wendiger. Anne lief vorneweg und sauste im Slalom um die Stämme. Schon bald hatte ich den Eindruck, die Schritte unserer Verfolger würden leiser. Sicher war ich allerdings nicht. Ich wandte mich um. Tatsächlich. Ich konnte sie nicht einmal mehr sehen. Leider achtete ich viel zu spät wieder auf den Weg und krachte mit dem Kopf gegen einen Ast. Die Geschwindigkeit meines Oberkörpers reduzierte sich schlagartig auf null. Dummerweise waren meine Beine aber noch immer unterwegs. Zack! Ich knallte aufs Steißbein. Der Aufprall presste mir die Luft aus der Lunge. In Höhe des Steißbeins explodierte der Schmerz. Außerdem fühlte ich das Blut, das warm aus der Platzwunde am Kopf rann.

Anne war sofort bei mir. »Marco, steh auf! Sie sind immer noch hinter uns her!«, raunte sie mit Panik im Blick.

»Kann nicht!«, stieß ich kurzatmig hervor.

Anne zerrte mich hoch, legte meinen Arm um ihre Schultern, schleppte mich weiter. Mein Steißbein pochte, mein Kopf dröhnte. »Es geht nicht!«, keuchte ich und ließ mich auf den

Waldboden sinken. Ich wälzte mich in eine Vertiefung hinter einem Buchenstamm. »Hier sehen sie mich nicht. Renn weiter.«
Sie blieb stehen.
»Anne, bitte«, stieß ich hervor. »Nimm die Kamera mit.« Ich hielt sie ihr hin. »Mir passiert schon nichts. Hau endlich ab und hol Hilfe!«
Mit einem letzten zweifelnden Blick schnappte sich Anne die Kamera und rannte los. Ich machte mich klein, zog zur Tarnung einen dicht belaubten Zweig heran und hoffte, dass sie mich nicht finden würden. Ich hörte ein leises Knacken. Mist! Sie kamen näher. Wie es schien, hatten sie uns zwar aus den Augen verloren, aber die Suche noch nicht aufgegeben. Sie unterhielten sich flüsternd. Zu verstehen war nichts. Wenige Meter entfernt gingen sie an mir vorüber. Ich spürte die Erleichterung.
»Da war was.« Sie kamen zurück.
Mein Herz raste. Ich schloss die Augen und stellte mich ohnmächtig, versuchte keinen Mucks von mir zu geben. Schon kniete einer neben mir. Er fasste mich an, rüttelte an meiner Schulter. Als er mich auf den Rücken drehte, versuchte ich, mich vollkommen locker zu machen.
»Was ist mit ihm?«, fragte der andere.
»Keine Ahnung. Er atmet noch. Ist wohl mit dem Kopf irgendwo gegengeknallt. Schau dir die Platzwunde an.«
»Kümmer dich um ihn. Ich suche das Mädchen.«
Der Typ drehte mich zurück in die Bauchlage. Schnell wurde mir klar, weshalb. Mit Hilfe eines Kabelbinders fesselte er mir die Hände auf den Rücken. Es machte leise ratsch und meine Handgelenke waren fixiert. Einen Moment später hatte er meine Beine auf dieselbe Weise gefesselt. Was kam als Nächstes?
Der Typ zündete eine Zigarette an. Im Wald! Mitten im Som-

mer! War der noch ganz dicht? Was hatte ich nur für Sorgen? Kurze Zeit später kehrte Annes Verfolger zurück. Dem Geräusch nach zu urteilen, war er allein. War das ein gutes oder ein schlechtes Zeichen? War sie entkommen? Durfte ich mir Hoffnung machen? Der Streifen schweres Klebeband, den mir mein Bewacher über den Mund klebte, trug jedenfalls nicht zu meiner Entspannung bei. Nun musste ich mich noch mehr darauf konzentrieren, ruhig zu atmen. Er fasste mir an den Hals und fühlte meinen Puls. Wenigstens schien es ihn zu interessieren, ob ich noch lebte.

»Was ist mit ihr?«, fragte der Typ, während er sich so rührend um mich kümmerte. Keine Antwort.

Ich war versucht, mal eben zu blinzeln, um zu sehen, ob Anne dabei war. Vielleicht war sie in gleicher Weise verschnürt wie ich, und auch sie fand es sinnvoller, keinen Laut von sich zu geben. Ich hielt die Augen doch lieber geschlossen.

»Wir hauen ab«, sagte Annes Verfolger.

»Und die Fässer?«

»Scheiß auf die Fässer. Soll sie der Herr Bürgermeister selber wegräumen. Wenn der Typ wüsste, was er will, wäre längst alles erledigt. Erst sollen wir die Dinger im See versenken, dann am Ufer deponieren, und jetzt will er sie wieder von hier weghaben. Der tickt doch nicht richtig. – Wir hauen ab. Mir wird das zu heiß hier.«

»Und was machen wir mit dem hier? Sollen wir ihn mitnehmen?«

Annes Verfolger ließ sich Zeit mit der Antwort. Ich hielt den Atem an. »In zwei, drei Stunden geben wir im Rathaus Bescheid, wo man den Rotzlümmel einsammeln kann.«

»Du willst ihn einfach liegen lassen?«

»Wird uns schon nicht verrecken.«
Erneute Stille. »Wir packen ihn ins Auto«, hörte ich schließlich meinen Bewacher sagen. »Als Garantieschein, dass uns keiner folgt.« Er fasste mich von hinten an den Oberarmen. Überrascht stöhnte ich auf. So schnell wie er mich angehoben hatte, ließ er mich wieder plumpsen. Meine Fallhöhe hatte höchstens ein paar Zentimeter betragen. Trotzdem presste es mir erneut die Luft aus der Lunge. »Spielt uns der Kerl was vor?«
Während er mich erneut auf den Rücken drehte, versuchte ich noch einmal, mich locker zu machen. Gar nicht so einfach, wenn einem der Steiß schmerzt, der Schädel brummt und man auch nicht so richtig frei atmen kann. Außerdem hätte ich losbrüllen können vor Angst, die ich in Form meines stinkenden Schweißes sogar riechen konnte.
»Willst du dir auch noch Geiselnahme anhängen lassen? Der Junge bleibt hier!«, befahl der andere.
Mein Herz schlug bis zum Hals, mein Puls dröhnte im Kopf. Jetzt bloß keinen Laut mehr. Sie würden bestimmt gleich gehen. Um mich von allem abzulenken, konzentrierte ich mich auf die 17er-Reihe. 17, 34, 51, 68, 85 ..., rechnete ich in Gedanken vor mich hin. Endlich hörte ich Schritte. Hauten sie tatsächlich ab, oder war es nur eine Finte? Ich lauschte, hörte nichts mehr. Waren sie schon so weit weg, oder hatten sie nach ein paar Metern wieder angehalten, um mich zu beobachten? Ich blieb noch eine ganze Weile bei meiner 17er-Reihe. 374, 391, 408, 425 ... Ein Blatt oder ein Grashalm kitzelte an meiner Wange. Das Blut aus meiner Platzwunde schien allmählich zu trocknen und fing an, auf der Haut hinter meinem Ohr zu jucken. Kaum auszuhalten. Trotzdem blieb ich wie versteinert liegen. Sehr lange. Erst als ich einen Motor hörte, wagte ich einen Blick.

War das ihr Auto, das sie am Waldrand deponiert hatten? Fuhren sie endlich weg? Mit flimmernden Augenlidern wagte ich einen Blick durch schmale Sehschlitze. Bäume, Büsche, Zweige, Wald. Sonst nichts. Ich hob den Kopf. Schaute mich um. Sie waren verschwunden. Bei 1275 ließ ich die 17er-Reihe sausen. Vergeblich versuchte ich, das Klebeband an der Schulter vom Mund zu streifen. Mühsam richtete ich mich auf, entdeckte einen Stein. Während ich mich auf dem Hintern rückwärts rutschend dem Stein näherte, fragte ich mich, wozu man ein Steißbein brauchte? Damit es einem wehtun konnte, wenn man darauf gelandet war? Ich rückte mich in eine Position, in der ich den Kabelbinder über den Stein scheuern konnte. Das verdammte Ding war ja so was von stabil!

Ich hielt inne, weil ich glaubte, Stimmen gehört zu haben. Hatten es sich die Typen anders überlegt? Kehrten sie zurück? Oder kamen die Geräusche von der anderen Seite? Vom Campingplatz? Ich lauschte in alle Richtungen. Nichts. Offenbar hatte ich mich getäuscht. Erneut machte ich mich über die Fesseln her, schürfte mir die Handgelenke auf. Endlich hatte ich meine Hände befreit. Ich riss mir das Klebeband vom Mund, schnappte nach Luft und brüllte, so laut ich konnte, nach Anne. Keine Antwort. Hoffentlich war ihr nichts passiert. »Anne! Wo steckst du?«

Ich schnappte mir den Stein und versuchte, mich auch von den Fußfesseln zu befreien. Plötzlich stampfende Schritte. Jemand rief meinen Namen! »Marco?«

Eindeutig der Dicke. Schnaufend wie eine Dampflok kam er durch den Wald gewalzt.

»Hier! Hier bin ich!«

»Marco! Um Himmels willen! Geht's dir gut?«

»Was ist mit Anne?«

Nach Luft ringend fasste er sich mit der Hand auf die Brust. Er machte mir doch jetzt hoffentlich nicht schlapp! »Anne geht's gut«, stieß er japsend hervor. »Sie wartet mit Robbie – auf die Polizei – am Pförtnerhäuschen. – Wir haben sie gerufen.« Endlich ließ er seine Brust los, kniete nieder und durchtrennte mit seinem Taschenmesser meine Fußfesseln.
»Wo ist Mama?«
»Hier! Marco! Ich bin hier!« Sie stürzte stolpernd und strauchelnd auf mich zu, zog mich hoch und schloss mich in die Arme wie noch nie. Tränen rannen ihr übers Gesicht. Auch wenn sich das für einen Helden nicht gehörte – ich heulte erst einmal ordentlich mit.
»Anne hat was von zwei Kerlen erzählt, wo sind die hin?«, fragte der Dicke.
Mama entließ mich aus ihrer Umarmung. Ich wischte mir mit dem Unterarm das Gesicht trocken. »Abgehauen.« Ich zeigte ihnen die Richtung. »Sie hatten dort drüben wohl ein Auto stehen.«
»Was hatten die hier hinten verloren?«, fragte Mama.
Ich zuckte mit den Schultern. »Keine Ahnung. Sie haben ein altes Fass durch die Gegend gerollt.«
Der Dicke wurde noch röter. Vor Zorn! Seine Halsschlagader trat hervor wie ein dicker Wurm. »Ein Ölfass?«
Ich nickte.
»Das wird er mir büßen.«
»Wer?«, fragte Mama.
»Mein ehrenwerter Bruder.« Er stapfte los, um das Fass zu suchen.
Mama und ich sahen einander an und zuckten gleichzeitig mit den Schultern. Was rätselhafte Ereignisse anging, schien der

Silbersee unerschöpflich. Natürlich wäre ich dem Dicken am liebsten gefolgt. Ich wollte wissen, was ihn jetzt schon wieder so in Rage gebracht hatte. Aber Mama bestand darauf, mich erst einmal ins Krankenhaus zu bringen, um mich untersuchen zu lassen. So sehr ich ihr versicherte, dass mir nichts weiter fehlte, sie ließ mir keine Chance.

Am Campingbus trafen wir Anne, ihren Papa und die beiden uns schon bekannten Polizisten. Anne hatte ihnen im Display meiner Kamera das Foto der beiden Männer gezeigt. Ich hätte den Polizisten gerne mehr Fragen beantwortet, aber Mama wollte mich möglichst schnell einem Arzt vorführen. Sie gab ihnen nur fünf Minuten. Annes Papa bot an, uns ins Krankenhaus zu bringen, dann könnte sich auch Anne schnell von einem Arzt untersuchen lassen.

»Papa, ich brauch keine Untersuchung«, sagte Anne. »Mir ist doch überhaupt nichts passiert.«

»Bleib ruhig hier«, sagte Mama. »Aber deinen Wagen könntest du uns leihen. Dann müssen wir den Campingbus nicht umräumen.«

»Ich komme trotzdem mit«, beharrte Anne, die mir seit unserer Ankunft tröstend über den Rücken strich.

»Okay. Aber haltet mich auf dem Laufenden.«

Am Pförtnerhäuschen trafen wir Robbie, der für seinen Onkel den Schrankenwärter spielte. »Alles klar mit euch?«, rief er uns durchs offene Fenster zu.

Als Antwort bekam er drei erhobene Daumen und drei nickende Köpfe. Wir mussten lachen. Erst in diesem Moment wurde mir bewusst, dass sich meine Anspannung nur ganz allmählich löste.

»Die haben also mit Fässern hantiert?«, fragte Mama auf dem Weg in die Stadt.

»Wir haben nur eins gesehen«, antwortete ich.
»Ein Ölfass, sagtest du?«
»Ja. So ein Blechding«, meinte Anne.
»Weshalb kam dem Dicken sofort sein Bruder in den Sinn?«
»Das frag ich mich auch schon die ganze Zeit. Warum war der Dicke so schnell auf hundertachtzig?«, sagte ich.
»Altlasten!«, sagte Mama plötzlich. »Der Bürgermeister hat seinem Bruder mit Altlasten gedroht. Erinnert ihr euch?«
Wir nickten. Wie sich später herausstellte, hatte Mama mit ihrer Erinnerung an die Altlasten ins Schwarze getroffen.

Im Krankenhaus mussten wir erst einmal warten. Und warten. Und warten. Als ich nach über drei Stunden Wartezeit und wenigen Minuten im Untersuchungszimmer und im Röntgenraum wieder ins Auto steigen durfte, fiel mir ein Stein vom Herzen. Die untersuchende Ärztin hatte mich nämlich zuerst für eine Nacht zur Beobachtung dortbehalten wollen!
Bevor wir losfuhren, meldete sich Mama bei Jürgen, um ihm mitzuteilen, dass wir endlich unterwegs wären. »Hm, lecker!«, sagte sie. Sie blickte über den Rückspiegel nach hinten und wackelte gut gelaunt mit den Augenbrauen.
»Was denn?«, rief ich.
»Jürgen macht uns Blitz-Pasta«, antwortete sie.
Obwohl ich viel und gerne koche, davon hatte ich noch nie gehört. »Was ist das denn?«
»Geht ganz fix«, antwortete Anne. »Bis wir zu Hause sind, ist Papa fertig.«
»Super.«

Blitz-Pasta S. 124

Kapitel 10

»Tut mir leid, dass es so lange gedauert hat«, entschuldigte sich Mama, als uns Annes Papa schon vor der Haustür begrüßte.
»Na ja, Krankenhaus, Wochenende – da kann man nicht erwarten, dass es schnell geht«, meinte er.
»So was ist auch an einem Samstag nicht zu verstehen. Erst sagen sie, es wäre alles in Ordnung, und dann wollen sie Marco dabehalten. Dabei hatten sie weder auf der Aufnahme vom Steiß noch auf der vom Kopf irgendwas finden können!«
»Nicht einmal Hirn?«, fragte Anne grinsend.
Ich musste lachen. »Pass bloß auf! Wenn man Gehirnmasse auf Röntgenbildern erkennen könnte, hätten sie bei meiner Aufnahme den Mund nicht mehr zugekriegt vor Staunen.«
»Weil so wenig davon da ist?«, hänselte mich Anne weiter.
Ich war froh, dass sie so locker drauf war. Sobald ich nämlich über die Ereignisse des Nachmittags nachdachte, wurde mir immer wieder ein bisschen mulmig. Nachdem ich jedoch eine Nacht drüber geschlafen hatte, ging es mir wieder ganz gut. Bis auf die Beule am Kopf und gewisse Probleme beim Sitzen. Deshalb verbrachte ich den ganzen Sonntag mit Anne am See. Wir lagen einfach nur faul in unseren Sonnenstühlen. Sie auf dem Rücken, ich auf dem Bauch. Ab und zu planschten wir im krokofreien Wasser, und sonst taten wir nichts.
Mama dagegen betrieb einmal mehr gründliche Recherche und

fand für ihren letzten Bericht noch einiges Wissenswerte über das Krokodil im Silbersee heraus.

»Im Grunde ist der Dicke ja ein gutmütiger Kerl«, erzählte Mama uns schließlich in vertrauter Runde. »Aber ein echter Schussel ist er trotzdem. Diese drei Ölfässer zum Beispiel: Anstatt sie ordnungsgemäß zu entsorgen, lässt er sie jahrelang in seiner Autowerkstatt vor sich hin rosten. Weil's ihm zu teuer war!«

»Herbert ist schon immer knapp bei Kasse gewesen«, warf Annes Papa ein.

»Nimm ihn nicht auch noch in Schutz«, sagte Mama. »Er hat mir doch selbst gestanden, dass er die Sache einfach verdrängt hat. Und was macht der ehrenwerte Herr Bürgermeister? Anstatt seinem Bruder zu helfen, lässt dieser abgebrühte Provinzpolitiker ihm kraft seines Amtes eine Abmahnung nach der andern ins Haus flattern. Kurz vor der Durchsetzung einer kostenpflichtigen Abfuhr der Altlasten kam er jedoch auf eine ganz neue Idee, wie er sich diese Fässer zunutze machen könnte.«

»Er hat diese zwei Typen angeheuert«, sagte ich.

Mama nickte. »Er hat einfach den offiziellen Behördenweg verlassen und die beiden Ganoven beauftragt, das Altöl aus der Werkstatt seines Bruders zu stehlen, um es im See zu entsorgen!«

»Dann hätte man jahrelang nicht mehr darin baden können«, stellte Anne empört fest. »Nicht mal Frau Mahlzahn«, sagte ich.

»Das war dem Herrn Ortsvorsteher egal«, erzählte Mama weiter. »Er wollte nur seinen umweltfreundlich gewordenen Bruder in Misskredit bringen und den Campingplatz ruinieren, bevor er richtig eröffnet war. Erst als das Krokodil im Silbersee schwamm, entschied er sich für einen Kurswechsel.«

»Weil er glaubte, dass bei einem Badeverbot sowieso keiner mehr hier übernachten würde?«, fragte Anne.

»Allerdings hatte er seine Rechnung ohne eine äußerst bezaubernde Journalistin gemacht«, sagte Jürgen.

Mama bedankte sich mit einem schmachtenden Blick. »Jedenfalls glaubte er, seinem Bruder würde dadurch finanziell bald die Luft ausgehen. Er befahl seinen Auftragsverschmutzern kurzerhand, die Fässer wieder in Gewahrsam zu nehmen.«

»Die haben sich allerdings ziemlich dämlich angestellt«, sagte ich.

Mama atmete tief durch. Dass mich die beiden gefesselt und geknebelt hatten, schien ihr schwerer in den Knochen zu stecken als mir. »Ohne dein Foto hätte die Polizei sie bestimmt nicht so schnell ausfindig machen können. Dann hätte der Bürgermeister seine Intrige womöglich vertuschen können. Nach ihrer Festnahme haben die beiden jedoch alles sofort gestanden. Auch wenn er selbst alles leugnet, fliegt ihm die Sache nun so richtig um die Ohren. Dass er seine Helfer im letzten Moment zurückpfeifen wollte, hilft ihm auch nicht mehr aus der Patsche. Das gibt gleich mehrere Anklagepunkte: Amtsmissbrauch, Erpressung, Umweltvergehen …«

Am Ende übertraf Mamas (vorläufig?) letzter Artikel über das Krokodil im Silbersee alles Vorherige. In größter Ausführlichkeit beschrieb sie den bauernschlauen Betreiber des Campingplatzes und seinen kriminell veranlagten Bruder, dessen Karriere als Bürgermeister wohl nun beendet sein würde. Und schließlich schilderte Mama auch noch detailliert die fest zusammenhaltende Dorfgemeinschaft und die intriganten Talente eines alleinerziehenden Supermarktbesitzers, der namentlich nicht genannt werden wollte.

Was Mamas eigene Rolle anging, verlor sie ein paar klare Worte über eine leichtgläubige Journalistin, die während ihres Jahresurlaubs nichts Besseres zu tun hatte, als sich in die Belange eines scheinbar idyllischen Provinznestes einzumischen. Mein Foto mit Frau Mahlzahn, Jürgen, Robbie, dem Dicken und der sehr kritisch dreinschauenden Anne im Hintergrund wurde natürlich auch wieder abgedruckt. Gegen Honorar, versteht sich. Wirklich spitze! Genauso spitze wie die folgenden beiden Wochen, die wir noch am Silbersee verbrachten. Von wegen Campingführer ...

Krokosplit

Zutaten für 4 Portionen

4 Bananen
1 Packung hauchzarte Schokotäfelchen
4 Kugeln Vanilleeis
ein paar Johannisbeeren
1 Kiwi
200 g Sahne (oder Sprühsahne)

Zubereitung

- Die Bananen der Länge nach bis zur Mitte aufschneiden. Aus den zarten Schokotäfelchen Splitter brechen und als Zähne vorne in die untere und obere Bananenhälfte stecken.
- Zwischen diese Zähne jeweils eine kleine Kugel Vanilleeis klemmen.
- Die Rückenzacken des Krokos können auch aus Schokosplittern gebildet werden.
- Je zwei Johannisbeeren stellen die dicken Glubschaugen dar. Und die seitlich abstehenden Krokobeine schnitzt ihr aus einer Kiwi. Einen ordentlichen Klacks Sahne daneben (flüssige Sahne steif schlagen oder Sprühsahne nehmen) – fertig.
- Geht schnell und macht richtig was her!

Verlorene Eier »à la Marco«

Zutaten für 4 Portionen

1 kg reife Tomaten
50 g Räucherspeck nach Belieben
1 große Zwiebel
1 Knoblauchzehe nach Belieben
Olivenöl zum Braten
1–2 EL Tomatenmark
1 Prise Zucker
Salz, schwarzer Pfeffer aus der Mühle
4 Eier oder mehr
12–15 große Blätter Basilikum
½ Becher Schmand oder Crème fraîche
Brot oder Toast oder Brötchen

Zubereitung

- Die Haut der Tomaten oben und unten kreuzweise einritzen. Tomaten in eine Schüssel geben und mit kochendem Wasser übergießen. 1 bis 2 Minuten ziehen lassen, dann rausnehmen, am besten mit der Schaumkelle, und die Haut abziehen (das geht jetzt ganz einfach). Das Fruchtfleisch würfeln und abtropfen lassen.
- Den Speck fein würfeln. Die Zwiebel und die Knoblauchzehe schälen und auch fein würfeln.
- In einem Topf das Olivenöl heiß werden lassen und den klein gewürfelten Speck darin so lange braten, bis er knusprig wird. Die Zwiebel- und Knoblauchwürfel dazugeben und goldgelb werden lassen, dabei immer wieder mit einem Holzlöffel umrühren. Dann die Tomatenwürfel und das Tomatenmark dazugeben. Mit Zucker, Salz und Pfeffer abschmecken. Bei geringer Hitze 15 Minuten köcheln lassen, bis ein sämiger Brei entstanden ist.

- Jeweils ein Ei ganz vorsichtig aufschlagen, damit das Eigelb nicht verletzt wird, und in einer Suppenkelle langsam in die leicht (!) köchelnde Sauce geben. Jetzt auch die Basilikumblätter in die Sauce geben und 1 bis 2 Minuten mitköcheln lassen.
- Den Tomatenbrei mit jeweils einem Ei auf vier tiefe Teller verteilen und einen ordentlichen Klacks Schmand oder Crème fraîche dazugeben.
- Dazu gibt es Brot oder Brötchen oder Toast. Geht schnell, ist billig und schmeckt ganz toll nach Sommer.

Folienkartoffeln mit Kräuterquark

Zutaten für 4–6 Portionen

8 faustgroße Kartoffeln
4 TL Öl
Salz, schwarzer Pfeffer aus der Mühle
1 kleine Zwiebel
1 Knoblauchzehe
1 kleiner Bund Schnittlauch
1 Karton Kresse
500 g Magerquark (20 % Fett)
6 EL sprudelndes Mineralwasser
1 EL Olivenöl
1 TL Salz
1 Prise Curry
1 Prise Paprikapulver

Zubereitung

- **Entweder** ihr bereitet die Folienkartoffeln im Freien zu, dann müsst ihr den Grill anwerfen und eine gute Glut erzeugen. Die Kartoffeln in der Folie legt ihr einfach in die Glut des Grills. Nach etwa 25 Minuten solltet ihr mit Zahnstocher, Schaschlikspieß oder Gemüsemesser testen, ob sie schon gar sind.
- **Oder** ihr bereitet die Kartoffeln im Backofen zu, dann müsst ihr den Ofen auf 220 °C vorheizen. Die Kartoffeln brauchen im Backofen etwa 45 Minuten; testen, ob sie schon gut sind.
- Die Kartoffeln mit einer Gemüsebürste sauber schrubben. 8 Stückchen Alufolie, groß genug, damit die Kartoffeln fest darin verpackt werden können, auf einer Seite einölen, die Kartoffeln mit einer Gabel mehrmals einstechen, salzen und pfeffern und in die geölte

Alufolie wickeln. Im vorgeheizten Backofen auf mittlerer Schiene garen.

- Die Zwiebel und Knoblauchzehe schälen und fein würfeln. Den Schnittlauch waschen und in Röllchen schneiden. Die Kresse waschen und mit einer Schere abschneiden.
- Den Quark mit dem Mineralwasser und dem Olivenöl zu einer cremigen Masse verrühren. Zwiebel- und Knoblauchwürfel, Schnittlauch und Kresse dazugeben und verrühren. Das Ganze mit Salz, Pfeffer, Curry und Paprikapulver abschmecken.
- Zum Servieren die Kartoffeln der Länge nach aufschneiden, einen guten Klacks Kräuterquark in den Kartoffelspalt geben. Den restlichen Quark in einer Schüssel servieren.
- Geht schnell, ist billig, und Folienkartoffeln vom Grill schmecken besonders gut.

Strammer Max

Zutaten für 4 Portionen

4 große Scheiben Grau-, Weiß- oder Schwarzbrot
4–8 Eier
4 große Scheiben gekochter oder geräucherter Schinken
4 Gewürzgurken
1 reife Tomate
Salz, schwarzer Pfeffer aus der Mühle
Öl zum Braten
etwas Butter

Zubereitung

- Öl in der Pfanne erhitzen, die Eier aufschlagen und vorsichtig in die Pfanne gleiten lassen.
- Während die Eier sich in der Pfanne in Spiegeleier verwandeln, die Brotscheiben toasten und dann dünn mit Butter bestreichen und mit Schinken oder Scheiben der Lieblingswurstsorte belegen. Gurken halbieren und die Tomate in dünne Scheiben schneiden.
- Die fertig gebratenen Spiegeleier auf den Schinken oder die Wurst gleiten lassen, mit den Gurken und Tomatenscheiben garnieren und nach Geschmack salzen und pfeffern.

Selbst gemachte »Fischstäbchen« mit Kartoffelsalat

Zutaten für 4 Portionen

700–800 g Rotbarsch- oder Seelachsfilet, Kabeljau geht auch
1 Ei
1 EL Zitronensaft
15 gehäufte EL Semmelbrösel
1/2 TL Salz
schwarzer Pfeffer aus der Mühle
1/2 TL Curry
Olivenöl zum Braten
Kartoffelsalat (s. S. 120)

Zubereitung

- Das Ei mit dem Zitronensaft in einem Suppenteller verquirlen. Semmelbrösel auf einen flachen Teller geben.
- Den Fisch in maximal handtellergroße Stücke teilen und von allen Seiten mit Salz, Pfeffer und Curry würzen.
- Fischstücke erst im Ei wenden und dann in den Semmelbröseln wälzen, die Panade nicht zu sehr andrücken. Wer eine dickere Kruste haben möchte, verwendet zwei Eier und tunkt den Fisch nach dem ersten Panieren noch mal ins Ei und wälzt es in den Semmelbröseln.
- Öl in einer Pfanne auf mittlere Hitze erwärmen. Die panierten Fischfilets von beiden Seiten jeweils 4 bis 5 Minuten goldbraun anbraten.
- Dazu passen der Kartoffelsalat von Seite 120 und ein knackiger Salat.
- Diese selbst gemachten »Fischstäbchen« schmecken garantiert besser als die aus der Packung. Und wer will, kann sich noch Remouladensauce aus der Tube dazu genehmigen.

Hähnchen-Satay mit Erdnusssauce

Zutaten für 4–6 Portionen

Für das Hähnchen-Satay
2–3 mittelgroße Hähnchenbrüste
2 Knoblauchzehen
1 EL Erdnussöl (oder anderes neutrales Öl)
6 EL Sojasauce
2 EL Ketjap Manis (oder 1 TL Zucker)
¼ TL Chilipulver oder Chiliflocken
dünne Holzspieße

Für die Erdnusssauce
4 EL Crunchy-Erdnussbutter
6 EL heißes Wasser
2 Knoblauchzehen
2 TL Sojasauce
1–2 Messerspitzen Chilipulver oder Chiliflocken
2 EL Ketjap Manis (oder 1 TL Zucker)
2 EL Zitronen- oder Limettensaft

Zubereitung

- **Für das Hähnchen-Satay** die Holzspieße etwa 1 Stunde in kaltes Wasser legen, damit sie auf dem Grill nicht verbrennen.
- Das Fleisch in mundgerechte Stücke würfeln. Die Knoblauchzehen schälen und fein reiben oder durch eine Presse drücken. Alle Zutaten miteinander vermischen und das Fleisch etwa 1 Stunde darin einlegen.
- Das Fleisch auf die Holzspieße stecken und auf dem Grill rösten, dabei immer wieder drehen. Oder im Backofen grillen, etwa 10 Minuten, oder in der Pfanne braten, etwa 3 Minuten auf jeder Seite.

- **Für die Erdnusssauce** die Erdnussbutter mit dem heißen Wasser verrühren. Zuerst vermengt sich die Flüssigkeit nicht mit der Butter, aber wenn man einfach weiterrührt, bilden sie plötzlich eine Einheit.
- Die Knoblauchzehen fein reiben, mit den restlichen Zutaten in die Sauce geben und kräftig verrühren. Die Konsistenz ist Geschmackssache, der eine mag es flüssiger (dann einfach noch Wasser hinzufügen), der andere mag es weniger flüssig. Zum Schluss noch mal abschmecken.
- Schmeckt sehr lecker, dazu einfach Reis oder Brot reichen und einen Salat.

Kartoffelsalat mit Frikadellen

Zutaten für 4 Portionen

Für den Kartoffelsalat

1 kg festkochende Kartoffeln
6 mittelgroße Gewürzgurken
2 kleine Zwiebeln
120 ml Gurkenwasser
6 EL Olivenöl
1 EL scharfer Senf
Salz, schwarzer Pfeffer aus der Mühle
1 Messerspitze Paprikapulver edelsüß

Für die Frikadellen

400 g Hackfleisch (1/2 Rind, 1/2 Schwein)
1 altbackenes Brötchen
2 Zwiebeln
1 Knoblauchzehe
1 TL scharfer Senf
2 Eier
1 TL Tomatenmark
1 TL Paprikapulver edelsüß
1 gehäufter TL Salz
Pfeffer aus der Mühle
75 g Semmelbrösel
Öl zum Braten

Zubereitung

- **Für den Salat** die Kartoffeln gründlich waschen und bürsten und in der Schale gar kochen. Die Kartoffeln noch heiß pellen und abkühlen lassen. Anschließend in Scheiben schneiden.
- Die Gewürzgurken in dünne Scheiben und die Zwiebeln in feine Ringe schneiden. Gurkenwasser, Olivenöl und Senf zu einer glatten Sauce verrühren. Mit Salz, Pfeffer und Paprikapulver würzen.
- In einer großen Salatschüssel die Kartoffelscheiben mit den Zwiebelringen und Gurkenscheiben mischen. Die Salatsauce über die Kartoffelscheiben gießen und vorsichtig vermischen (die Kartoffeln nicht quetschen dabei). Mindestens 2 Stunden durchziehen lassen.
- **Für die Frikadellen** das Brötchen in warmem Wasser einweichen und gut ausdrücken. Zwiebeln und Knoblauch schälen und fein würfeln.
- Das Fleisch in einer hohen Schüssel vermischen. Senf, Eier, Tomatenmark, Zwiebeln, Knoblauchzehe, Paprikapulver, Salz, Pfeffer sowie das eingeweichte Brötchen hinzugeben. Die Masse kräftig verkneten. Mit angefeuchteten Händen etwa 8 Frikadellen formen, in Semmelbröseln wälzen.
- Das Öl in einer großen Pfanne erhitzen und die Frikadellen darin portionsweise von beiden Seiten scharf anbraten. Danach die Hitze reduzieren und die Frikadellen in etwa 8 Minuten fertig garen.

Griechischer Sommersalat

Zutaten für 4 Portionen

1 kleiner Römer- oder Eisbergsalat
½ Gurke
1 kleine rote Paprikaschote
75 g Schafskäse (Feta)
1 Karotte
1 kleine Zwiebel
2 EL Pinienkerne
2 EL Kürbiskerne
1 Handvoll Rucolablätter
10 Blätter frisches Basilikum
2 EL weißer Balsamicoessig
Salz, schwarzer Pfeffer aus der Mühle
1 TL Zucker
4 EL Olivenöl

Zubereitung

- Den Salat waschen, putzen und in mundgerechte Stücke rupfen. Die Gurke schälen und in Würfel schneiden, die Paprika waschen, entkernen und in mundgerechte Stückchen schneiden, den Schafskäse würfeln, die Karotte schälen und dann mit einem Sparschäler in lange, dünne Streifen schneiden. Die vorbereiteten Zutaten in einer großen Schüssel vermengen.
- Die Zwiebel schälen und fein hacken. Pinien- und Kürbiskerne in eine trockene Pfanne geben und bei mittlerer Hitze rösten, dabei ab und zu die Pfanne schwenken. Sobald die Kürbiskerne anfangen zu knacken, von der Kochstelle nehmen, da die Pinienkerne sehr schnell von wunderbar goldgelb zu schrecklich schwarz und verbrannt über-

gehen. Rucola und Basilikum waschen, trocken schwenken und fein schneiden. Alles zum Salat geben und gut vermischen.

- Für die Sauce in einer kleinen Schale Essig, Salz, Pfeffer, Zucker und Olivenöl verrühren. Über den Salat gießen und gut damit vermengen.
- Dazu passt frisches Baguette oder jedes andere Brot.

Blitz-Pasta

Zutaten für 4 Portionen

400 g Nudeln eurer Wahl
400 g Sahne
100 g Räucherlachs
Salz, schwarzer Pfeffer aus der Mühle

Zubereitung

- Während die Nudeln nach Packungsanweisung kochen, die Sahne in einem Topf erhitzen, aber nicht kochen lassen. Den Räucherlachs in kleine Stücke schneiden. Wenn die Sahne heiß ist, die Hitze reduzieren und noch 2 bis 3 Minuten köcheln lassen. Dann vom Herd nehmen, den Lachs hineingeben und die Sauce mit Salz und Pfeffer abschmecken.
- In weniger als 15 Minuten habt ihr ein nahrhaftes und sehr leckeres Nudelgericht! Dazu passen ein kleiner Salat und frisches Brot.

DIE ZEIT empfiehlt:
Das Krokodil im Silbersee

Wie müsste ein Junge beschaffen sein, der als Held eines Jungenbuchs taugt in Zeiten der Jungenkrise – eines Buches, das noch dazu auch von Mädchen gelesen wird? Die Antwort, die Werner Färber in seinem »Urlaubskrimi« *Das Krokodil im Silbersee* gibt, ist einfach und überzeugend. Marco, der elfjährige Held und Icherzähler, begegnet seiner Mutter, wie es sich in dem Alter gehört, zugleich mit abgeklärter Ironie und der noch nicht erloschenen Sehnsucht nach Nähe. Er freut sich, dass er im Urlaub die gleichaltrige Anne kennenlernt; vor allem gefällt ihm, dass sie genauso schlagfertig ist wie er selbst. Er kocht gerne, weshalb im Anhang des Buches die Rezepte seiner Lieblingsspeisen wie Blitz-Pasta, Kartoffelsalat mit Frikadellen oder Verlorene Eier »à la Marco« aufgeführt werden. Und er fotografiert viel, was sich im Laufe der Geschichte als sehr nützlich erweisen wird.

Kurzum, Marco ist ein durch und durch normaler Junge an der Schwelle zur Pubertät, weder besonders draufgängerisch noch besonders verzärtelt. Und dass seine Mutter ihn alleine erzieht, ist für den Plot der Geschichte, die Werner Färber entfaltet, zwar nicht unwichtig, führt aber darüber hinaus zu keinen weiteren Komplikationen. Als seine Mutter sich ausgerechnet in Annes Vater verguckt, konstatiert Marco cool: »Im Übrigen war Herr Plambeck der netteste Mann, den Mama in den letzten Jahren sympathisch gefunden hatte. Unter ihren Fastfreunden und richtigen Liebhabern waren ein paar merkwürdige Exemplare gewesen. Zum Teil richtige Knalltüten.« Der Ton ist damit gesetzt: *Das Krokodil im Silbersee* ist ein im besten Sinne entspanntes, unaufdringliches Jugendbuch.

Marco und seine Mutter sind in den Sommerferien zusammen mit dem Campingbus unterwegs, als ihnen zunächst eine Rotte Wildschweine und kurz darauf Anne, Robbie und Frau Mahlzahn begegnen. Robbie ist ein Punk (»Die Zahl seiner Ohrlöcher war auf die Schnelle nicht festzustellen«) und Frau Mahlzahn ein Krokodil, genauer: eine Kaimandame. Robbie transportiert sie in einem Fahrradanhänger; später verschwindet Frau Mahlzahn und wird – in Abwesenheit – zur Attraktion eines bis dahin wenig besuchten Campingplatzes. Nicht von ungefähr erinnert die Geschichte vom Krokodil im Silbersee an das legendäre Ungeheuer von Loch Ness. Manch einer wird sich erinnern, dass dieses Ungeheuer vor ein paar Jahren einen Widergänger in einem deutschen Baggersee fand, der viele sommerliche Schlagzeilen produzierte. Dieser Wiedergänger, das Krokodil im Baggersee, war es, das den Autor Werner Färber zu der Geschichte von Marco, Anne, Robbie und Frau Mahlzahn inspirierte. Dass Färber, bevor er als Jugendbuchautor reüssierte, einmal als Lehrer im schottischen Dundee und damit in Monster-Nähe arbeitete, mag seine Fantasie zusätzlich beflügelt haben.

Jedenfalls spielt er nicht nur gekonnt mit dem bekannten Motiv. Fast nebenbei liefert Färber auch ein hübsches Stück

Medienkritik. Denn erst füllt Marcos Mutter, die Journalistin ist, die Seiten der Lokalzeitung mit aufregenden Nachrichten vom Silbersee, woraufhin immer mehr Schaulustige den Weg dorthin finden. Dann taucht ein Fernsehteam auf, um die Suche nach dem Krokodil ins Bild zu setzen. Marco beobachtet verwundert, wie die Reporterin Regieanweisungen gibt: »Als Erste ließen sich die Feuerwehrleute überreden. Die Aussicht, ins Fernsehen zu kommen, stachelte sie an ... Nur weil diese aufgeregte Fernsehtante es verlangte, schlüpften die Feuerwehrleute in ihre wasserdichten Hosen.« Am Ende muss aber auch Marcos Mutter erkennen, dass sie mit ihren Zeitungsartikeln nicht alleine der Wahrheit gedient hat, sondern jemand anderem auf den Leim gegangen ist.

Färbers Geschichte lebt von dem Witz und der Beiläufigkeit, mit denen er seinen jungen Helden die Welt betrachten lässt. Das gilt für das Turteln der Erwachsenen genauso wie für das Agieren des Fernsehteams oder die kuriose Existenz des Dorfpunks Robbie: »Obwohl er sich tatsächlich von allem unterschied, was ich in meinem bisherigen Leben zu Gesicht bekommen hatte, fand ich Mamas prüfenden Blick peinlich. Andererseits – so viele Leute, die sich mit himmelblauen Igelhaaren und einer dreifach gepiercten Augenbraue in die Öffentlichkeit wagten, gab es dann auch wieder nicht.«

Gezielt bricht der Autor die eine oder andere Erwartung und bewahrt seine Geschichte damit vor plumpen Lehren. Gut und Böse sind zwar klar zu unterscheiden und treten, je länger die Geschichte dauert, umso deutlicher hervor. Aber der ökologisch korrekte Campingplatzbetreiber ist alles andere als ein Sympathieträger. Eher erinnert er an einen frustrierten, griesgrämigen Weltverbesserer. Die beiden Zoologen, die versuchen, den verschwundenen Kaiman mit artgerechten Schmatzgeräuschen anzulocken, erscheinen durchweg als lächerliche Gestalten. Und selbst Annes Vater, der nette Herr Plambeck, spielt bei dem Versuch, die Aufmerksamkeit von Marcos Mutter zu fesseln, nicht durchgängig fair.

Das Krokodil, so viel darf an dieser Stelle verraten werden, wird am Ende wieder auftauchen. Ansonsten gilt, was Marco schulterzuckend feststellt: »Was rätselhafte Ereignisse anging, schien der Silbersee unerschöpflich.«

Von Matthias Krupa